田辺 賢行

バルビゾンの夕暮れ

── 会津の風光 ──

東京図書出版

バルビゾンの夕暮れ ◇ 目次

II

I

彼の岸此の岸

いま自分が覚めているのか、夢の中にいるのかわからない。

コマ切れの悪夢のようなどぎつい画面が、次々と自分めがけて襲ってくる。私は必死になってそれを払い除《の》けようともがく。何が画面に映っているのか、はっきりしない。おそらくギラギラした極彩色のドラゴンとか、恐ろしい牙をむいた大型の獣のようなものだ。それが自分に向かって猛然と跳びかかってくる。私は（避《よ》けられない！）と直感する。すると次の瞬間、画面が切り替わって、また別のイヤな怪物が重くのしかかってくる。息苦しく目まぐるしい悪夢の万華鏡のトンネルから、どうしても抜けることができない。私は興奮して半ばやけくそになり、

「いけ、いけ、いってしまえ！　どんどん前へ突き進めばいいんだ！」

と、自分を叱咤激励し、不気味なドリーム・サーフィンを延々と続けていた。

半睡状態からようやくふうーっと目が覚めた。眼だけを動かしてあたりを見回すと、ぼ

んやりと白い景色が映って、白い匂いがした。やさしそうな眼差しをした、いやに美人の看護師さんが、私の顔をのぞきこんでいる。

「目が覚めましたか。気分はどうですか？」

そこはCCU（集中監視治療室）の中だった。

命がつながったことにハッと気づいて、私は俄然元気になった――つもりだった。ベッドから上体を起こそうとしたとたん、胸にずんと重い鈍痛がきた。目がくらみ、強い吐き気がグッとこみ上げる。自分の顔がみるみる蒼白になっていくのがわかる。美人の看護師がすばやく容器を私のあごに当てた。ゲエゲエ吐こうとしたが、唇から一筋よだれが垂れただけだった。看護師が振り向いて「先生！」と医師を呼ぶ。すぐに若い医師が現れたが、計器にサッと目を走らせると、少しあわてた様子で看護師に輸血を指示し、痛い注射を二本打った。

自分はいま正常ではない、ヘタをするとここで死ぬ……その時になって初めて、私は自分の「死」というものを本気で意識して焦った。


私の心臓は以前からずっと頻脈の状態が続いていた。そのうちに階段を上るのもやっとになり、風呂に入るのもつらく、とうとう仕事にも行けなくなった。かかりつけの医師の紹介状を携えて郡山市の綜合病院に行ったところ、検査の結果、直ちに手術が必要と申し渡された。このまま放っておけば心臓内にできつつある血栓が脳に飛んでしまうか、いきなりそうはならないとしても、よほど心臓が弱っている。急なことだが明日にでも開胸手術を施して、心不全状態を改善しなくてはならない、という宣告である。一緒についてきた妻は、エッ、明日ですか！　と、目をつり上げた。

残念ですが、と前置きして医師は言った。

「もう少し早かったなら胸を切り開かなくても済んだかもしれませんが、この状態では一刻を争います。ただ、人工心肺装置を使用して心臓を止め、その間に心臓の内部を切って縫合する手術になるので、患者さんの命にかかわるリスクは当然ありますが……」

術後、心臓を再起動させる際、そのまま動かないこともあるという。そういうことであるが、「どうされますか？」と、メガネの奥から私の眼をまともにみつめて訊ねる。

どうされますか、といわれたって……要するに、術後そのまま意識が戻らずにあの世へ直行することもある、ということである。しかしながら、手術をやらなければ、これも早晩あの世行きになる。もはや選択の余地はない。まことに恐ろしげな状況ではあるが、その時は不思議に恐怖感は湧いてこなかった。全身麻酔から覚めずに死んでいくのならば、全く苦しまなくてよい。どうせ人間、一度は死ななければならないのだから、痛みや苦しみのない方が断然有利である。その後すぐ私の葬式の準備をしなければならない妻のほうはたいへんだろうが、この際仕方があるまい。私は躊躇なく「お願いします！」と答えた。

翌日、すみやかに手術は執行された。

――生き返ってはみたが、とてもうれしい状態ではない。

縦一文字に切り割った胸は、不快な鈍い痛みがある。脈が高く熱も若干あって、からだ全体がむくんでいるようだ。ふうふうと息をしながら二日間ベッドに寝たきりでいた。それでも経過は順調とされて、三日目にはもう導尿管を外して、ひとりでトイレに行かされた。なにしろまだ胸の骨はくっついてはいないから、歩くたびに文字通り胸が痛む。トイレの鏡に映った自分の顔を見ると、目の周りは青黒く窪んでいるのに顔全体は腫れていて、いかにも不健康な凄い形相になっている。恐る恐る胸をはだけてガーゼの隙間から覗くと、やっぱり首の下から鳩尾《みぞおち》まで一直線にフランケンシュタインのような傷跡がくっきりと見えて、われながら痛々しい。

「身体髪膚《はっぷ》之《これ》ヲ父母ニ受ク　敢テ毀傷《きしょう》セザルハ孝ノ始メナリ」という『孝経』の一節が浮かぶ。私は両親に親孝行らしいことは何一つせず心配ばかりかけてきたが、身体だけはどこも大きな怪我などしたことはなかった。だが今回、わが身を思いっきり毀傷したことで、またしても親不孝に輪をかけることになった。父も母も既にこの世にはなく、生きているうちに心配をかけたのではないが、なんだか申し訳なくてしょんぼりしてしまった。

ＣＣＵに三日間いた後、同じ三階にある一般病室に移った。まだ点滴の袋とかモニター計器類をつけたままで、胸は鉛板をぶら下げているように重苦しく、からだの筋肉はめっきり落ち皮膚はたるんで、たった数日間で私は典型的な病人の姿になっていた。

今度の病室は六人部屋の大所帯である。それが常時満員で、退院する人が出るとすぐに新手《あらて》の患者が入ってくる。こういうのを商売繁盛とは言わないだろうが、患者の回転が実によい。四、五日もしない間に、私と左隣のフジタさん以外はみな入れ替わってしまった。

フジタさんは私がきたとき、すでに一カ月以上も長期滞在の古株であった。年齢は同室の患者の中では最も若く、まだ五十歳前後らしかった。何か難しい名前の、一種の心臓弁膜症の治療のため入院したが、術後が思わしくなく、再手術のタイミングをみているのだという。フジタさんは私が入室した日のうちに、そんなことを彼のほうから話してくれた。福島市の郊外で果樹栽培を営む大きな農家だそうで、私よりずっと背も高く体格もがっしりしており、病院の中にパジャマ姿でいなければとても病人に見える人ではなかった。

「とうとう、今年の林檎《りんご》の出荷には間に合いそうもありません」

ベッドの上で宙をみつめながら残念そうに語る彼は、朴訥で誠実な人柄に見受けられた。

毎日昼ごろになると、フジタさんの奥さんが病室にやってきてあれこれ世話をする。大柄で、いかにも人のよさそうな農家の嫁さんといった感じの人である。私の妻もその頃の時刻に会津若松からバスで着いたから、二人はすぐに打ち解けて話をするようになった。

「旦那さんはもういい年なんだけど、結婚が遅かったから子どもさんたちはまだ三人とも小学生だそうよ。これからたいへんだわねえ」

病棟の南側にある、前面がガラス張りになった明るく広いロビーで、妻は私と差し向かいで一緒に昼食をとりながら、フジタさんのことを話題にした。

「元気そうに見える人なんだけどね。そうか、子どもがまだ小さいのか。そりゃあ果物の出来具合なんかよりずっと気にかかるだろうなあ」

塩気の足りない病院食の煮物を少しずつ口に入れて何回も噛みながら、私は彼の家庭のことを思いやった。

その子どもたちは土曜日になって、連れ立って病室を訪れた。

「こんにちはー」「こんにちはー」とひとりひとり頭を下げながら入ってくる。上の二人が男の子で、下の女の子はまだ小学一、二年生ほどに見えた。おとなしそうで礼儀正しい子どもたちである。フジタさんはニコニコ顔になって、よく来てくれたな、と一人ずつ頭をなでた。

子どもたちは周りの私たちに遠慮しながら、それぞれに小声で学校での出来事とかを、時々、「ウフフッ……」と笑ったりしながら彼らの父に報告している。学校農園の林檎がよく色づいてきて、間もなく学年毎の当番で林檎もぎが始まるのだという。うちの畑の林檎も、もうすっかり採り入れどきだよ、と子どもが話すと、フジタさんの顔は曇ってきて、

「今年はお前たちが母ちゃんの手伝いをしっかりやらないとだめだぞ。たのむぞ」

と、少し悲しげな声になった。

「わかってる、みんなちゃんとやるから。父ちゃんいなくてもだいじょうぶだから！」

一番大きい子が語気を強くして言った。

（けなげな子どもたちだ）と、私も妻も感心して聞いていた。


それから二日後のことである。

私が夕方、ロビーで一時間ほど読書をしてから病室に戻ると、なんとなく部屋の空気がざわついて感じられた。見ると隣のフジタさんのベッドがない。昨日入室したばかりの向かいの老人が、今しがたフジタさんの様子がおかしくなって、医師や看護師がかけつけてベッドごと運んでいったばかりだと教えてくれた。そういえば、今朝は私が話しかけても、ええ、とか、はあ、とか言うばかりでちっとも元気がなかった。きっと容態が急変したのだ。私の心は雨雲がわいたように暗くなった。

翌日の午後になって、妻が情報を仕入れてきた。フジタさんは病棟の突き当たりにあるＩＣＵ（集中治療室）に入っているという。さっき、その近くを通りかかると、奥さんの姿が見えたので声をかけに近づこうとしたら、フジタさんの親族とおぼしき人たちが四、五人、奥さんを取り囲むようにして、みな険しい顔つきでゴソゴソ話をしている。つい立ち聞きをしてしまったが、どうもフジタさんをいつ死なせるか、という相談らしい。フジタさんは既に死んだも同然になっていて、生命維持装置のようなもので心臓を辛うじて動かしているだけの状態のようである。

「アンタ、本家の○○さんに、まだ言ってねえっぺい？　早く電話して来てもらうべ」

「ああ、それがら県会議員の△△も。あの人んどごは、オメだち、うんと世話してきたんだがら。あの人には死ぐ前《めえ》に会わせておがねど、後《あど》がら、なんで俺に教ぇでくれねがったと怒られっから、いまちっと、もだせておがなんねべ」

とか話している。

どうも亡くなる前にしかるべき立場の人たちに一通り会わせる都合上、フジタさんを形だけでもいましばらく生かしておいて、それら一切が済むまで心臓をとにかく動かしておくべく医師に頼む算段らしい。死にゆく者の取り扱いをめぐって、周りの者たちの事情から、至ってビジネスライクなやりとりが行われているようであった。

私はその話を妻から聞かされて、人間が死ぬことも一種の手続きのようなものではあるが、周りからそうあからさまに取り扱われてはかなわないなと嘆息した。フジタさんも、

「オーイ、もういい加減にして勝手に死なしてくれ！」

と、むっくり起き上がって異議を申し立てたくなるのではないかと思った。意識もなく、殆ど死んだも同然の者にとってみれば、自分が今さら誰に会うとか会わせるとかいうこと

はどうでもよいことではないか。それに、死んだはずの人間を無理やり生きていることにする医療行為も問題だ。医学の進歩は有難いもので、私もその恩恵に与《あずか》ったのだから大きな声では言えないが、そこまでやればやり過ぎで、人間のいのちに対する越権行為というべきものだろう。

何ともやりきれない気持ちになった。

「俺のときは、絶対そんなことはするなよ。自然にまかせて逝《い》かせてくれ」

「なに言ってるの。そんなこと、今言わないで！」

妻はもう泣き顔になっている。

それから三日後の朝、ベッドの上で新聞を広げていると、死亡欄にフジタさんの名前を見つけた。五十一歳、喪主は妻・トモ子さん、とあった。

私はベッドの上に座り直し、しばし目を閉じた。

その日の午後、私はまたいつものように本を二冊携えて、ロビーの椅子に腰をかけた。ここの大きなガラス窓からは、すぐ下にある小さな公園の景色が見える。カエデやイチョウ、桜などの木々が、それぞれの鮮やかな秋の色を見せてひっそりと佇み、遠く会津と中通りの境をなす連山が、うす紫に横たわっていた。

ほんの五日ほど前、この場所でフジタさんと私は食後の渋いお茶をすすりながら、たがいの共通の趣味であったマラソンの話などをしたことが思い出された。ふたりとも元気な頃は各地の大会に出かけていたことがあったのだ。ああ、あのときの大会にも出ておられたんですか、どっちが早かったんでしょうね、とか、どこそこの大会ででた豚汁がいちばんうまかった、などという話をしばらく楽しく話したあとで、フジタさんは、

「もうマラソンなんて、この先二度と走れんでしょうねえ」

とため息をついてから、もうそれはしょうがない、あきらめました、と力ない笑みを浮かべていた。今となっては彼は走るどころか、この地上を歩くことすらもなくなった。

あの三人の子どもたちはどうしているだろう。

本当に身近な者が死んでしまったことの衝撃を、幼い魂はどう受け止めたであろうか。おそらくもう心に深い穴があいてしまって、これからの彼らの人生の道すじを、様々なかたちで変えていくことになるのだろう。それは致し方のないことではあるが、なんとも傷ましかった。

十一月半ばの日射しは木洩れ陽のようである。雲が切れて、地面が明るく照り映えたかと思うと、さっと陰鬱に冷えた影になる。そんな不安定な日射しの中で、子どもたちがキャッチボールをしたり、すべり台で遊んでいる。ちいさく子どもたちの声も聞こえた。

平和な光景だった。生きていることにあんまり固執する意味はないいな——そんな感慨が

胸のうちにただよっていた。

人生の皮をむき続けていると、結局芯に残るのは、こんな何の意味もないような呆然とした時間だけなのではないか。個々の人間の生とか死とか、喜怒哀楽とか、それらはみな皮相的なものだ。悠々と過ぎてゆく無数の人生の河の流れだけがほんとうだ。私自身は、その流れの水の一滴にも満たない。そう考えると、自分が死ぬことも殊更に目をむいて騒ぎ立てるほどのことではないように思えた。

「ああ、よく寝たなあ」と背伸びをして、朝のまぶしい光をからだいっぱいに受けて起きだすような具合に、「ああ、よく生きたなあ」と目を細めながらつぶやいて、闇の世界へすうっと吸い込まれるように死ぬのがいちばんだ——そんな気がした。

入院して二十日がたち、私は術後の経過が一応想定内ということで退院の運びとなった。まだ胸の骨がしっかりついておらず、脈拍は高いままで、若干の微熱もあったが、すでに生命の危険はなくなったと判断されたのだろう。以後は二週間後、経過がよければ四週間ごとの通院加療をしていくこととなった。不安はあるが、まずは一段落だ。同室の患者たちや、医師や看護師たちに礼を述べて、私と妻は病院を後にした。

季節はもう冬を迎えていた。

退院からはや二週間がたって通院の日となり、私と妻は朝早く会津若松駅前から郡山行きの高速バスに乗った。まだ痛む胸を片手で押さえて、寒い中をずっと立ったままバスを待っていた私は、やれやれと思いながら窓側の座席に「どっこらしょ」と声を出して尻を落ち着けた。どっこらしょ、と言ったたって、べつに何かが楽になったりするわけでもないけれど、つい口にでてしまった。

還暦を迎え、病気をして、自分もだいぶ弱くなったと思う。どうにも気力がなくなって、妙な言い方だが、精神の勃起力がガクンと落ちてしまった感がある。手術前は仕事であれ何であれ、物事に対して入れ込む気持ちがもう少しあったはずだが、今はその力が抜け、急に老人に近づいたようで、自分の人生の日めくり暦が一気に薄くなったことが実感された。

最晩年の芭蕉の句が思い浮かぶ。

この秋はなんで年寄る雲に鳥

この句をつくった年の終わりに、かの「旅に病んで夢は枯野をかけめぐる」の句を詠んで、俳聖松尾芭蕉はあの世へと旅立った。これが一般に辞世の句とされるが、「この秋は――」の句のほうが、死が間近に忍び寄ってきた人の不定愁訴的な淋しさと、自らの生命の衰えの不安を的確に捉えていて、まさに入神の域に達した句と思う。「鳥雲に入る」は春の季題だが、この一句の中では実感に即してゆるがない。

私は最近、とてもこの句が気になるのである。以前は、いい句だなあ、さもあらんと感じる程度だったが、私自身が此の岸から彼の岸へつま先を少しつけた今となっては、他人事には思えない身近な感覚になった。どっこらしょ、と声を出して腰をかける年代の仲間にもなった。もうあと何年生きていられるか、いささか心もとない気持ちがする。だがいずれにしろ、そんなことを考えてみたところで、今さらどうにも仕方のないことだろう。

妻が飴玉の包み紙を開いて、私の目の前に黙って差し出した。

「ああ、ありがとう……」

飴玉はピンク色の小さいサイコロ形をしていた。私はそれをつまんで、口の中に転がしながら、もうできるだけ余計なことは考えないようにしようと思った。

バスの窓から初冬の澄んだ青空に浮かぶ白い雲を呆《ほう》けたように眺めていた。バスが少し揺れる度に、空っぽになった頭の中を、ころころと飴玉のサイコロがころがっては止まったような気がしたが、何の目がでているのか、さっぱり知れなかった。

蛍の光窓の雨

今年こそ久しぶりに蛍の季節に帰ってきてみなさい、時期は今月の下旬がよかろう、と六月に入ってすぐ、東京で独り暮らしている娘に電話で言っておいた。以前はよくその頃の季節に私と妻と娘の三人で、隣町の山すその清流にゲンジボタルを見にいったのだ。

「うん、行く、行く！」

と娘は勇んで言ったが、仕事が立て込んだということでとうとう六月中には来られず、七月も二週目の土曜日、夕方近くになって、ようやく会津若松駅に着いた。

ふだんは妻と二人だけの「ケ」の夕餉どきが、娘が加わって多少「ハレ」の気分になったせいか、妻も娘もよくしゃべる。築四十五年のボロ家が少しばかり華やいで、つられて私もどうでもよいようなことばかりをあれこれ話した。気がつくと八時近くなっていた。

「もう、蛍は飛んでいないかもなあ」

食後の番茶をすすりながら娘に言った。妻と私はすでに先月のうちに、毎年恒例の蛍見物を済ませている。

「べつに蛍なんていいよ。真っ暗闇だけ見に行くんだったら、やめましょ」

「まあ、しかし、一応蛍を見るということで来たんだし、いなけりゃ夜のドライブをしたと思って帰ってくればいい、往復四十分もあれば行けるんだから」

結局、娘と私の二人で行ってみることにした。

会津盆地の西側の山地の奥から、山すそに沿って清い流れがある。河川改修をまぬがれ、葦《あし》原を蛇行するその川にゲンジボタルが発生することを、私は凡《およ》そ二十年ほど前に知り、以降毎年、時節がくると蛍見物を欠かさない。

市街地を抜け、山道に入ってしばらく川の流れに沿って走り、片側に少し空き地があるところで車を停める。両側が草むらに覆われた細い道を、懐中電灯をつけて歩いていく。月も星もない蒸し暑い晩だ。遠くの田んぼの方から、蛙の合唱が低い地鳴りのように聞こえてくる。足元を照らしながら、ゆっくりと二人は上流に向かっていった。川のせせらぎの音が騒がしくなったり、ゆるくカーブになる辺にさしかかると、急にひっそりと音が静まったりした。六月末に妻ときたときは、もうこのあたりからぼちぼち蛍の姿があったはずだ。

「いないね」

「やっぱり遅かったのかしら」

懐中電灯の明かりのほかは、たっぷりと墨を含んだような漆黒の闇である。

「ねえ、なんで蛍を見に来るの？」

背後で娘が訊いた。

そう問われると、「フム、それはね、一つ、何々のため。二つ、何々のため」などと具体的な理由は述べにくい。観光のために、たとえば日光の華厳の滝を見に行くとか、松島の景色を愛でるというのとはちがう。神社仏閣の参拝のように何か御利益《ごりやく》がありそうでもない。つまりは皆、あの蛍たちの生殖行為の一環であるところの、闇夜に繰り広げられるひそかな乱舞ショーをこっそり見せていただくのだ。人間相手ならノゾキ行為として軽犯罪の現行犯で捕まることだろう。

（まあ、か弱いからだでよくがんばっているわね！）

と、はかなげな生き物の健気《けなげ》なさまを見、彼らを心の中で励ましながら、感に堪えない思いに誘われる……まあ、そんなところじゃないかな、と思いつくままに語った。

「蛍って、どのくらい生きていられるの？」

「成虫になってから二週間というね」

「蛍って可哀そう……」

「そうでもないさ。生きてる時間なんて相対的なものだ。蛍にとっては十分な長さなんだろう。人間だって、子どもの感じる時間と、大人が感じる時間では、長さが違う。子どもは多感だから、長い一日長い一年を送る。われわれのような歳になれば、一年なんてアッという間の繰り返しだ。残りは少ないのにどんどん短くなる。それに、蛍の一生が短いといったって、蟬に比べればまだいいほうだ。蟬は七年間も地中にもぐって暮らして、八年目の夏の朝にやっと地上に這い出てきたかと思うと、これも一週間かそこらでまた地面に落ちて、アリさんたちにズルズルと曳かれていくのだ」

「そんな一生、何がいいのかしら」

「そりゃあ、いいとか悪いとかでなくて、生き物にとっては子孫を残すのが生きることの最大の仕事だからな」

「子孫を残すだけで、自分はただ川の上をゴミとなって流れていってもいいの？」

「いいのだ。彼らにとっては何の差し支えもないことだ。生きる目的を果たしたんだから。蛍だけじゃない、人間以外の生物には、生きてるうちに遊んで怠けたり、テレビを見たりするような奴なんて悉《ことごと》くいない。人間は余計な煩悩に気をとられすぎているんだ。人間も生き物なのだから、もっと一直線に生きるべきもののはずだろう」

「子孫を残すって、そんなに大切なことなの？」

「それが生物としてあるべき本能の最たるものだろうな。子孫を残すというのは、人間にとってみても、自分が生きた命の証《あかし》を後世に伝え残す重要な手段であることに古今東西変わりはない。そのためにこの世には男と女がいて、恋をして結ばれる。蛍だってそうだよ。蛍だってちゃんと恋をする」

「へー、蛍も恋をするの？」

「そうだ。ほう、ほう、ほうたる恋、というだろう」

ハァ？　と娘は闇の中で力なく笑ったようである。

「冗談ではなく、昔の人はそう信じていたらしい。『源氏物語』の蛍の巻に、『こゑはせで身をのみこがす蛍こそいふよりまさる思なるらめ』とある。蛍にそんな思いを託したくなるほどに、昔の人は恋に生きていたんだね」


すこし風が出てきた。天候が崩れるのかもしれない。

風のある晩は、蛍はあまり活動しない。一説には、風があると蛍は軽量だから空中で安定姿勢がとれず、交尾ができないからということらしい。本当かな？　とは思うけれど、実際そんな気もする。

ずっと眼を凝《こ》らして闇の奥を見つめていても、一点の瞬《また》きも見えない。どうやら今年の蛍は店仕舞いの様相である。

「人はなんで恋をするのかなあ」

思いつめたように娘がつぶやいた。

「そうだな、年頃になると男も女も一応、みんな恋をするなあ。実らぬ恋も多いけど——。

動物や昆虫とちがって、人間の恋っていうのは多分に精神的なものがある。オスとメス同士が単純に相求めるというだけではなく、目の前から消え去ろうとするひとの裾をつかんで引き寄せ、ひしとわが胸に抱こうとする、プラトニックな切なる願望だな。恋は、『乞う』こと、つまり『乞食』の乞うと同じで、相手に向かい『どうか、どうかお願いします！』と手をすり合わせるようなものだ。——だが、めでたく成就したとしても、結局、恋とは滅びる運命にある。しかし、そのかわり愛が生まれる」

さっぱり姿を見せない蛍をあきらめて、私は娘に語りはじめた。

「恋は憧れやときめきとともに、不安と未充足をもたらす起伏の激しい感情だ。疲れるし、日持ちはしない。その賞味期限内に『愛』を育まなくちゃいけない。一方、愛は安らぎと幸福感と引きかえに、『無私』を要求する。結婚式で永久《とわ》の愛を誓い合うのは、これから相互の愛を確立していくためには、相手のために自分を捨てる覚悟をしていただきましょう、ということなのだ。どんなに恋をし続けても満たされないのは、愛の酵素を育てられない人だ。相手に求めるだけの心からは、けっして愛は生まれない。愛とはわが身を与えること。だからこそ、こちらがその気になりさえすれば、止めどなく湧きあふれる——」

私の話も、どうも止めどなくなってきた。

もうだいぶ遅くなった。少し肌寒くもなった。

「帰るか？」

「そうね、残念だけど。今夜はお父さんの講義だけで終わりね」

回れ右をして、もと来た道を引き返して歩き始めた。

そのとき、ふうわりとタクトを振るように、目の前を青白い光が尾を引いて通り過ぎた。

「あっ、いたよ！」

「いた、いた！」

たった一匹だけだったが、地上三メートルくらいのところを、川をまたいで蛍がゆらりと飛んでいった。少し力無げな、頼りない風情であった。もう連れ合いを探すことをあきらめて、ただ夜の闇を彷徨《さまよ》っているだけのようにも見えた。

「源氏ボタルなのに、平家の落ち武者ボタルみたいね」

「なるほど、的確な喩《たと》えだ」

二人は、たった一騎の落ち武者ボタルが闇の奥へと入っていくのを、川岸に並んで見送った。一筋の光は、段々と細くなっていった。

遠くに雷鳴が聞こえた。一応目的を果たした私たちは、急いで車に戻った。


翌日は、朝から梅雨の戻りである。

娘は昼ごろの電車で東京へ帰っていった。

その日の午後、私は二階の部屋で本を読んでいた。部屋が暗いから電気スタンドを点ける。すると、窓に当たる雨粒の音が次第に大きくなった。

昨夜の蛍も、もう川の流れにゴミとなって流れ去っていったことだろう。蛍の生も人間の生も、たいして変わりはないと感じた。二週間も八十年も宇宙の永い時間に比べれば、蛍の明滅する束の間にも満たない。そうは思うものの、今あっさりと自分もゴミのように流れて消えたくはない。せっかく人間として貴重な生を受けたからには、あと少しこの世に残さねばならないことがあるような気がする。もうたぶん間に合わないことのほうが多いだろうが、何かしらやってみなくてはなるまいと思った。

そして、もういい年になった娘が、涙ぐましい恋の結末として、どうか落ち武者ボタルにならぬことを切に祈るのだった。

老屋ものがたり

(一)

ちょっと大げさな言い方だが、「わが家の七不思議」というものがある。どんなものか、とりあえずご紹介してみよう。

わが家の風呂場は、タイルの目地の清掃が行き届かなくて薄汚れた印象であることを除けば、広さもそこそこの一見普通の風呂場に見える。ちゃんとシャワーもついている。ところがこのシャワーは、付けられた当初から水しか出ない。水泳プールに設置されたシャワーならやむをえないだろうが、わが家の風呂のシャワーは夏も冬も冷たいのである。したがって、これはタイルの清掃の際の洗剤を流すためだけにしか使われたことがない。

不思議なのは、この家を建てた私の亡父（かれは大工にして工務店の経営者であった）が、何のために冷たいシャワーをつけたのかということである。お湯の出るシャワーにしようと思ったが予算が足りず、もうどうでもいいや、と中途半端なものにしてしまったのかもしれない。

次には「鳴き天井」である。二階には南北を貫く長さ約五間、幅一・五メートルの廊下があり、階段の上がり口付近でかしわ手を打つと、「びゅ〜〜ん！」といった感じの長い残響音がひびく。やってみるとなかなか乙なものだが、これは建築当時に父が意図的に造作したものとは思われず、住み始めてだいぶ年月が経ってから気づいたのである。日光東照宮や京都の名刹などにあるものとの違いといえば、天井に狩野《かのう》派の龍の絵などではなく、奇ッ怪なアブストラクト文様が描かれていることだ。見上げてじっと眺めていると、俵屋宗達の『風神雷神図』とか、西洋の前衛的非具象画《アンフォルメル》か何かの絵のように見えてくる。なかなかに迫力のある出来映えだが、これは私や誰かが描いたのではなく、自然の為せる業《わざ》、すなわち秋芳洞の鍾乳石群が形成されたように、わが家の天井に垂れた雨漏りの滲みが長年かけて完成した天然の芸術なのである。

この天井は、そんなわけで確かに雨漏りがしているはずなのだが、大雨が降った時でも水がポタンポタンと床に落ちてくることがない。理由はよくわからないが、たぶん天井に厚く積もった綿ぼこりなどがスポンジのような役割を果たして、ぐっと水分を持ちこたえているのではなかろうかと想像する。これも「雨の漏らない雨漏りのシミ」と呼んで、七不思議の一つに加えよう。

綿ぼこりの話がでたところで、やはり不思議なのは、わが家には異常に多く綿ゴミが発生することである。部屋の四方の隅を中心に、すぐ綿ゴミが溜まる。指先でスーッとなでて集めると、一度にビックリするくらいの量が集まり、それが三、四日もたつと、もうむくむくと溜まっている。いったいどこからこんなに発生するのか、まったく合点がいかない。いくらわが家の掃除が行き届かないといっても、綿ゴミがこんな大量に発生するわけがない。近所を浮遊する綿ゴミを一手に引き受けて、わが家が全部吸い込んでいるのではないかと思う。

この綿ゴミをこまめに集積しておけば、半年も溜めると、ふかふかの「綿ゴミふとん」が一組できるのではないかというほどで、それを廃棄物のリサイクルとして商品化できないものかと、いちど冗談に妻に言ったことがあった。

他にも不思議なことといえば、「決して左右に動かない水道の蛇口」とか、「どこから侵入してくるのか不明な蝙蝠《こうもり》の出没」とか、まあ、挙げれば実はキリがない。

ひとつひとつの不思議の原因を正確に解明するのは容易ではないが、総合的にみて根源となる原因はこれだということは、とうにわかっている。

それは、わが家があまりに古いボロ家だからだ。

いま住んでいる家は、四十五年前に私の父が建てた木造の総二階である。もともと南会津郡只見町あたりの古い民家を取り壊した際の材木を運んできて、その古材をふんだんに使用して建てたものだ。父が言うには、古材は新しい材木に比べて枯れているから寸法に狂いが出ないし、表面の汚れやくすみはサッと鉋《かんな》をかければ新材のように綺麗《きれい》になる。古材で建てたからといって、実用上、全く何の問題もないのだ、ということであった。成る程、確かにそういう利点もないことはないが、実際の理由はとにかく安く出来るからだったろう。建築時点で、築何十年かの家の一部を利用したわけだから、わが家は誕生したときから、既にして相当の中古住宅で、本当は築何年を経た家というべきなのか見当もつかない。

私がこの家に住み始めてからも、かれこれ四十年近くになった。そのぐらい長く同じ家に住んでいると、何もかもすっかり馴染《なじ》んできて、家が自分の体の一部であるような気がしてくる。長年連れ添った古女房に似て、見た目はどんどん老けていくが、余計な気を遣《つか》わずに済むし、気心が知れて愛着の度は深まってくる。しかし人間同様、年をとり過ぎてあちこちに不具合が多くなってきた。

風呂場の脱衣場の床は、シロアリがとうに食い尽くしてぶかぶかになっている。書棚がぎっしり置いてある板の間の部屋は、床が本の重みで沈んで今にも抜けそうである。どの部屋も家具が多くなって、どかすのが億劫になり、畳を取り替える元気が出ない。畳表は番茶で煮しめたように変色し擦り切れていて、もうどのくらいの年数、畳替えというものをしていないか、考えるのも恐ろしいぐらいになった。

その上に決定的な問題が生じてきたのである。

西隣に三年前、大きなドラッグストアが建った。わが家の敷地の西側と南側の一帯をアスファルト舗装で分厚くかさ上げしたものだから、大雨が降ると低地となったわが家の方にドッと雨水が流れ込み、りっぱに床下浸水といえる被害が出るようになった。

被害といっても、せいぜいコンクリート敷きの玄関の内側に七、八センチほどの高さまで水が入って、サンダルや靴がプカプカ浮く程度なのだが、そのたびに私がズブ濡れになりながら玄関にベニヤ板を立てて浸水を防いだり、妻が長靴姿で必死に洗面器で水を掻き出したりする羽目になる。雨が降る毎に、町内でわが家だけが大騒ぎをしなければならない私と妻の心中は、かなりみじめであった。

ふた夏我慢したが、こらえきれなくなってきた。

以前はよく夜になると玄関の三和土《たたき》にゲジゲジとかダンゴムシ、カマドウマ、それにナメクジなど、いろんな虫類が現れて、その駆除にずいぶんと殺虫剤を消費していたのだったが、それがハタと出てこなくなった。

「おかしいな、このごろ虫がいないじゃないか。毎年ゲジゲジ退治を密かに楽しみにしていたのに、どうしたことだろう？」

「大雨のたびの床下浸水で、みんな溺れ死んじゃったのかしら……」

「ありえない話じゃあないな。あるいは昆虫や動物たちのほうが、われわれが計り知れぬ予知能力をもって危険を察知し、よそに逃げ出していったのかもしれん」

これは相当まずい状況ではないかと、やっと気づいてきた。床下全体がそのうちに腐ってきて、ちょっと地震でもあった日には、ドサッといちどきに抜けるかもしれない。もうこの家は限界だ。何といっても古材で建てた安普請の築四十五年ものである。いずれ住めなくなることは明らかだ。金は無いが、もはや建て替えるしかない。妻も私もついに長年住み慣れた老屋を去る覚悟を決めたのだった。

(二)

建て替えることには決めたものの、新たな土地を求める資金にまではとても金が廻らない。現在の地に家を建てることにして、その間は近くのアパートに仮住まいをすることにした。

アパートに移った夜、私はなかなか寝付けなかった。暦の上では、八月七日の立秋の日だったが、ことのほか暑い夏のせいで、ちっとも夜が涼しくならなかった。その上、クーラーの効きが弱くて寝苦しく、酷暑の中の引っ越し作業で心身共に疲れ果てているはずだが、どうにも眼が冴えて眠れない。隣に寝ている妻のほうも、寝返りを何度も打っては溜め息をついていた。

夜中の一時をまわった頃、ようやく少し浅い眠りについた。しばらくしてまた眼が覚めた。見慣れない闇に囲まれているな、と感じた時、真上の天井に何かの顔がボンヤリ浮かんでいた。

死んだ母に似ているようでもあり、妻の顔のような気もした。しかし、ふっと気づくとそれは紛れもなく、あとに残してきたわが老屋の顔である。トタン張りの切妻屋根に小さな玄関、二階のベランダの塗料の剝げた黒い手すりや、両脇の部屋の小窓――それらが目、鼻、口の形になって、哀しげな表情でじいっと私を見下ろしている。

老屋の霊が、私たちに恨み言を述べにきたのだろうか。いやいや、そんなことが現実にあろうはずがない、これはきっと夢を見ているにちがいない。そう考えた途端に、すうっとわが家の顔は闇の中に溶けていった。私は一瞬身震いがして、今度は本当に目が覚めた。

私は長年、物言わぬわが家に甘え放題をし続けて今日に至った。畳も替えず、廊下のささくれや壁の汚れは放置し、雨漏りや数々のアクシデントも「なに、わが老屋であれば、それしきのことぐらい想定内の出来事」で片づけてきた。実はわが家は、いつもしくしくと泣きながら、「もう何とかしてください、後生だから助けてください!」と叫んでいたのかもしれぬ。それを私は一刀両断に、お前はもう用済みだと見捨てようというのである。

上田秋成の『雨月物語』に、戦国時代、京の都でなんとか一旗挙げたいと、引き止める妻をひとり故郷に残し旅に出た男が、七年後に尾羽打ち枯らして帰ってくる話がある。

妻もわが家もずいぶんとみすぼらしい姿になっていたけれど、以前のように男をやさしく迎えてくれた。囲炉裏に粗朶《そだ》をくべ、妻はさめざめと泣きながら、どんなにかあなたの帰りを心細く待っていたことでしょう、と恨み言を述べる。それでもこうしてご無事で戻っていらっしゃって、どれほど嬉しいかわかりませんと言い、その晩二人は七年ぶりに添い寝をしたが、朝になると男のそばに妻の姿はなく、自分は青空の見える廃屋にひとり寝ていたのだと気づいた。

実は、妻は男が故郷を出た翌年にはや亡くなっていたのだ、と近所の古老から聞かされ、男はあたりもはばからず大声を上げて泣くのだった――。

その「浅茅《あさぢ》が宿」の話がふと胸に浮かんでいた。私は思わず隣に寝ているはずの妻の顔を闇の中に目を凝らして見た。どうやら妻はすうすうと安らかに眠っているようである。

茫々四十年近い歳月を、私はあの家を根城にして、わが人生のキャンバスに絵を描き続けてきた。妻とは結婚以来ずっとあの家で暮らし、二人の子供達もそこで育ち巣立っていった。その間に私たちもだいぶ年を取り、わが家も共に老いた。私や妻にとって、わが家はもはや体から剝がすことのできない人生の一部にちがいなかった。

しかし、もうお別れだ。私は心のなかで老屋に手を合わせた。

とうとう、家が取り壊しになる日がきた。

暑い盛りの灼けつく日差しのもと、解体業者のバックホーで、めりめりとわが家が引き剝がされていくのを、私と妻は少し離れた場所に立って、息を詰めてみつめていた。

近くの電柱にしがみついて一心不乱に鳴いているミンミンゼミの声が、次第に遠のいて聞こえるような、かんかん照りの真昼どきだった。

さびしい村で

お盆を迎えて、久し振りに田舎の実家へ帰ってみた。

田舎もやはり、今年は息苦しいほどの暑さである。少し陽が翳った夕方の五時になると、役場からの防災広報が各家のスピーカーを通して流れてきた。

「ただいま、熊が頻繁に出没しております。危険ですから、農作業や夜間の外出時には十分ご注意ください」

と、若い女性職員の明るいのどかな声である。


「オーイ、いだがよう！」

近所に住む親戚のIさんが、玄関に顔を出した。キュウリやらナスやらがいっぱい入ったビニール袋を手に提げている。Iさんは、私が実家に帰ってくるたびに何くれとなく気を遣ってくれるひとである。

「ちっとばあしだが、食わっしぇ」

彼は玄関先の板の間にドサッと野菜を置いた。私がお礼を述べて、まあお茶でも、と居間に上がってもらうと、話題はやはり熊のことになった。

今年は例年になく、夏から熊が現れている。人家に遠い畑はもちろん、村中のトウモロコシが軒並み熊にやられてしまった。Ｉさんの家の前のトウモロコシ畑も、収穫直前に一本残らず食われてしまったという。

「おめえの家の前を通って、隣のＳさんの畑に熊の足跡があった。もう熊は村のどこでも遠慮なしに徘徊しているみてえだ。どうも下手《しもて》から来る奴と上手《かみて》から来るのと、二頭いるらしい。危ねえがら夜なんか、あんまり出歩かねえ方がいいぞ」

Ｉさんは、とにかく熊と出会わないようにするのがいちばんだと言い、やがて外が薄暗くなったのに気づいて、あわてて帰っていった。どうも熊のご出勤のために、人間たちに夜間外出禁止令が布かれているといったような態である。もっとも熊の方とて、好んで人間と諍《いさか》いを起こしたくはないから、さすがに日中堂々と姿を晒すことはない。人の音せぬ暁に、そうっと真っ暗な畑に忍び込んで、腹がくちくなるまで作物を食い尽くすらしい。したがって人と熊との正面遭遇という場面は余程起こりにくいが、双方の行動エリアがしっかり重なっている状況は、何としても気持ちのいいものではない。

熊は元来臆病な性質《たち》の動物だから、以前は山から里へ下りて人家近くの畑の作物を荒らし回るようなことは、まずなかった。その結界が今、いとも簡単に破られてしまっている。

熊たちは、なぜこんなにも人里を恐れなくなってしまったのか。

やはり最大の原因は、山の実りがないことだろう。

今年はブナ、ミズナラ、コナラ、クリなどの団栗類《どんぐり》の樹が、軒並み花の付きが悪かった。これに気づいた熊たちが、すぐさま危機を察知し、なりふり構わずに里に下りてきて、手当たり次第に食い物を腹に詰め込みだしたのだと考えられる。

しかし、熊は本来トウモロコシや果物などよりも、渋味の強い団栗などの堅果類を腹がジリジリ焼けるぐらいまで胃袋にぎっしり詰め込まないと、分厚い体脂肪をつけた冬籠りの体になれないのである。

今年、山の団栗はまるで見込みがない。このままでは冬眠に入れず、やがて飢えて雪中に行き倒れてしまう運命が待っている。熊たちの飢えを満たしてやれば、彼らも穏やかに山に帰ってゆくのだろうが、残念ながら村人たちには熊が救えない。「これで何か買って食べてくれ」とお金などあげたくても、熊はスーパーに行ったりはしないし、だいいち村には店がない。自然の実り以外には、熊は全く頼るべきものがないのである。

熊の出没は、団栗の不作の他にも原因がある。

それは村があまりに寂しくなって、人の気配がうすくなってきたことだ。

昭和三十年代には一万人を超えていた村の人口は、只見川ダム建設の終焉や少子高齢化のせいで、もう当時の四分の一を切った。高齢化率は六十パーセントに達し、老人ばかりで若者や子どもの姿をさっぱり見かけない村になった。私の実家の集落も、二軒に一軒は空き家になり、夜になると、ほの暗い蛍光灯のついた電柱の周り以外は、家々は辺りの闇に溶け込んで物音一つしない。静寂の中に時折、夜啼く鳥の声が気味わるく聞かれるばかりで、これほどに里に人の気が失せれば、野獣たちにとっては、さほど警戒する必要もなく堂々と出入りできる環境に映るのだろう。

こんな村になってしまったが、子どものころは山里なりの賑わいもあったのだ。

今頃はちょうど盆踊りの時節だった。神社の境内に櫓《やぐら》が立ち、紅白の提灯《ちょうちん》が四方に吊り下げられて、昼間から太鼓が鳴りだした。若者や子どもたちが練習と称し、かわりばんこに櫓に上って、太鼓を二本の撥《ばち》で叩くのである。

「どんカタ、どんどんどん!、どんどん、カタカタ、どんカタどんカタ、どんカタ、どんどんどん!」と村中に響き渡る音が、今日はハレの特別な一日だぞ、と得意げに触れ回るかのようで、否《いや》が応《おう》にも村人の気分を浮き立たせたのであった。

夕暮れの境内にパッと電飾の光が明るく点《とも》って、いよいよ盆踊りが始まる。

櫓の袴部分のぐるりは紅白の幕に覆われている。その下に、祭りに寄付した者を知らせる「一金〇〇円也　△△商店殿」とか「清酒弐升　何の何某殿」と書かれた紙が所狭しと張り出されて、お祝い気分を一層盛り上げていた。

浅葱《あさぎ》色のハッピ姿に捻り鉢巻をきりっと締めた村の青年団の若衆が、櫓の上で威勢よく太鼓を打ち始めると、「ピッ、ピッ、ピーロロピッ、ピキピーピキ、ピー！」と横笛が合いの手を入れる。すると、「はあー！」と、音の割れるスピーカーから胴間声《どうまごえ》が張り上がった。

境内には、三々五々に集まってきた地元の老若男女に加え、お盆に都会から帰省している垢抜けした身なりの若者たちも交じって、いつしか二重三重の踊りの輪ができていた。唄も踊りも、この地方独特の、単調でどこか投げやりな風情のものだったが、女たちは手馴れたしなをつくり、男たちは合間ごとに、少々野卑な景気付けの掛け声を投げかけながら、ゆっくりと踊りの輪を回し続けた。

私の父は、いつも櫓の上に陣取って笛役を務めていた。小柄だが美男だった父が、肩を左右に揺らして調子をとりつつ笛を吹くさまを、少年の私は（自分も大人になったら、あんなふうに櫓の上で笛を吹けるのかなあ）と眩《まぶ》しげに見上げていた。

そんな頃もあった。

盆踊りの太鼓が四方の山々にこだました頃の村には、いくら腹を空かした熊たちでも、さすがに近づこうという気にはならなかっただろう。やがて、祭りの担い手であった青年団や婦人会が自然消滅し、子どもたちの姿も見えなくなって、盆踊りはもう二十年以上も途絶えたままである。

また夜になった。盆が過ぎようとしているのに、里はむっとする暑さだ。

軒端に出てみると、黒々とした山の端《は》から、赤くにごった三日月が低く昇っている。

その暗い月光に照らされた山上で、飢えた熊がのっそりと起き上がり、こちらへ向かってゆっくり歩いてくる姿が眼に浮かんだ。

未練ごころ

還暦を過ぎて、初めて家を建てる決心をした。

今の家に四十年近く住む間に、格別の整理整頓らしいことは少しもしなかったから、家具や本、ガラクタの類いがむやみに増えてしまった。新しく現在地に建てる家は、敷地の事情で建坪《たてつぼ》がこれまでの三分の二に減るために、もう余計なものは入れられない。家が建つまでの間の仮住まいに引っ越す機会に、所蔵物の大整理を敢行することにした。

まず書籍類から手をつけてみる。

学生時代の本は、東京から会津へ帰ってくる時に、古本屋に二束三文でみな売っ払った結果、私が大学でちゃんと勉強をしてきたという痕跡は完全に消失してしまった。それを大いに反省して、以後、絶対に自分の本は手放すまいと堅く心に誓った。おかげで、雑誌の類まで数えると五千冊を超える量になり、書棚をぎっしり並べた部屋の床が沈んで、今にもドサッと抜けそうになっている。とても新居に全部移すわけにはいかないと観念し、長年の誓いに目をつむって、取捨選択をすることにした。

雑誌類がまず標的になる。私がずっと大切に保管してきた、映画や高校野球、マラソン関係雑誌は涙をのんでビニール紐をかけた。子どもたちの童話集やマンガ本、学習雑誌も、ご苦労さん、サヨウナラである。私の仕事関係の書籍なども、もう退職が間近いから、この際古いものは全部処分してしまおう。

そうやって整理していくうちに、結局、これからの人生に必要な本など幾らもないのだということが次第に明らかになってきた。本当に大事な本が五、六冊だけあれば十分とまでは言わないが、その気にさえなれば、おおかたは捨ててしまっても今後の人生に困らないものばかりで、(おっと、それは待ってくれ!)と押し留めるのは、ただそれを購《あがな》った金のことと、思い出という未練だけである。多少は金と未練に譲歩せざるをえないものもあったけれども、極力、事務的に片付けていった。

そうやって捨てていったら、書籍類の数は半分になっていた。

その調子で、衣服類もバッサリ捨てまくる。こちらは半分以下に減ってしまった。家具類も古くて使っていないものは、まだ使用可能でも思い切ってゴミ収集に回し、そうこうしているあいだに、家の中の品物はどんどん無くなって、風通しがすこぶる良くなった。

捨てているうちに、自分の人生は意外に身軽なものであることに、ふと気づいた。六十年も生きてきたが、自分が残さねばならないもののあまりの少なさに、ちょっと戸惑ってしまったのである。

（なんだ、こんなものか。俺の人生、ちっとも重くはないじゃないか）

と、拍子抜けする感じであった。モノと一緒に、自分の人生のうるさいゴミをいちどに掃き出したような気分ではあったが、後には爽快感というより、心がどこかスカスカする感じが残った。

整理が終盤にさしかかったころに、机の抽斗《ひきだし》に取り掛かった。

机の右袖のいちばん下の段には、学生時代からの写真がぎっしり詰まっている。私は一体ものぐさな性質《たち》で、写真をきちんとアルバムに貼っておく習慣がなく、ごちゃごちゃと新旧入り交ぜてつっこんだままだから、整理するのがえらく面倒になる。老眼鏡をかけ、抽斗から一枚一枚取り出して年代別に分けながら、残す必要のないものを選《え》り分ける作業を続けていると、首筋がこってきてかなわなかった。

こんな写真があったのかと、今さらに気がつくものがある。学生時代の写真にその手のものが多かった。大学では全国の名所旧蹟を訪ね歩くサークルに所属していて、アルバイトで稼いだ金で、みんなで日本のあちこちに旅をした。その思い出の画像が、少々色褪せつつも随分と残っている。サークルには半数近くの女性会員がいて、卒業後に結婚したカップルが一枚の写真に納まっているものがけっこうあった。

貧乏学生の私にも当時好きになったひとがいた。そのひととツー・ショットで写っている写真もある。むろん、私の妻とは別の女性である。

「こういう写真は、奥さんには見られないようにしておくものなんじゃないの」

と、結婚した後にそれを目ざとく見つけた妻に言われたことがあったが、何もそこまで夫婦の操を立てることもないだろうと、結局そのままにしておいた。

あらためて、四十年ほど前の、若かりし頃の自分がいるツー・ショットの写真に見入る。

それは彼女が女友達と一緒に、私の田舎の実家を訪れた折のものである。

十一月に入って、背景に写る山々は少し枯葉色がかっていた。寒い日だったのだろう、背の高い彼女は、私の母が貸してやった地味な色の綿入れ半纏《はんてん》を、黄色いセーターの上に窮屈そうに羽織っている。同じく半纏を着て、うそ寒そうな顔をした私が隣に立っている。

二人の写真の続きの別の人生が本当にあったかもしれなかった。

だが、そうはならなかった。

幾つもの分かれ道を、人はみな、終わりのないアミダくじを辿《たど》るようにして生きている。けっして後戻りすることのできない道を――。

古い写真を持っていたとて、昔が還ってくるわけじゃなし。今さら還ってもらっても困るし……。

写真の中の彼女が、突然に写真のまんまの姿で私の前にひょっこり現れ、

「わたし、あなたのこと、今も好きなのよ！」

なんて言って、こっちに擦り寄ってこられたら、それはそれはまことに嬉しいのだけれ

ど、長年連れ添う女房にすまないことになってしまうかもしれない。だいいち、若い女性が相手では私の身が持つまい。だから、そんな古い写真には目をつむって、記憶の池にそっと沈めて無くしてしまったほうがいい。

そう割り切ろうとゴミ袋に入れようとしたが――これが、やはりできないのである。思い出の証《あかし》は失くせない、好きだったひとのことを忘れまい、というのではない。

何だか、ここまでやっとこさ生きてきた、自分の人生の時間ごと捨てるような気がして。

秋の西瓜

柴田宵曲《しょうきょく》著『古句を観る』を読んでいたら、「秋の部」に西瓜《すいか》の句が載っている。

すかすかと西瓜切也穐《あき》のかぜ　　陽和

西瓜という果実は盛夏に食するものだという概念があったが、この句が詠まれた元禄期には秋の食べ物ということになっていたのだろうか。宵曲によれば、俳諧では「瓜」は夏の季題だが、瓜とあっても西瓜は秋の季題だと書かれていてどうもややこしい。ちなみに同書には、花の季題は「藤は春、牡丹は夏」とあり、こちらは花の咲く時期はほぼ重なるが、その区分けにはなるほどと納得できるところもある。

ひとつに、その花のもつ雰囲気というものがあるのだろう。けぶるような、眠たいような薄紫の藤の花には、暮れの春を穏やかに閉じていく役回りとして、辛うじて春の景色に留まっているところがある。これに対して、あでやかな大輪の牡丹の花は、春の花というには少々お化粧が濃すぎるきらいがある。むろん、牡丹には百花の女王たる格別な美しさがあり、春とか夏とかの色分けに背をむけて超然としている花ではあるが、いざ春か、夏か、と丁半を問われる段になれば、やはり夏と張るしかない雰囲気をもっている。

そう考えてみると、西瓜と瓜との間にも、どこか趣が異なるところが確かにあるような気がする。

そも「瓜」とは何ぞや。

一般にはマクワウリをさすものとされるが、もうあのうすみどりの控えめな甘味をもったマクワウリなぞ、こんにちではめったにお目にかかることはなく、食卓に供される機会も殆どなくなった。そこで瓜族全体に枠を広げてみると、胡瓜《きゅうり》、南瓜《かぼちゃ》、白瓜、冬瓜《とうがん》、メロン、夕顔、糸瓜《へちま》等々があり、近頃ではこれらにゴーヤー（苦瓜）とかズッキーニなどという種類も加わってにぎやかなものである。いずれも夏に収穫する野菜や果物で、かたちもメロンと南瓜以外は細長く末太い、いわゆる瓜実形《うりざねがた》のものが多く、おおむね味は淡白である。

いっぽう、西瓜は丸くて子どもが抱えられないほど大きい。小玉西瓜というものもあるが本来の姿ではなく、炎天下で健康に育ったスイカは、巨大に丸くズシリと重たいものが好ましい。果肉はシャリシャリした繊維とたっぷりの水分で形成されていて甚だ甘く、色は毒々しさの一歩手前の鮮やかな紅色をしている。

――岡本綺堂《きどう》に『西瓜』という短編の怪談小説があった。

風呂敷包みの中からごろんと出てきた西瓜が、侍や中間《ちゅうげん》たちの目に人の首に見えたということで騒ぎになる話である。たしかに西瓜は切り口が真っ紅で血が滴《したた》るようであるから、西瓜が現れた途端に斬られた首が想像され、錯覚に誘われたのかもしれない。

小説の最後のくだりで、どうもこの西瓜は怪しい、中を改めてみようということになり、二つに切り割ってみると結果ただの西瓜ではあったが、常と異なったのは中から一匹の青蛙と幾筋か女の髪の毛が出てきたことである。

「然らば試みに割ってみようというので、彼は刀の小柄《こづか》を突き立ててきりきりと引きまわすと、西瓜は真っ紅《か》な口をあいて、一匹の青い蛙を吐き出した。」

綺堂の筆は、あたかも西瓜が不気味な生き物であるかのごとく描写する。たしかに、あっさりした性質の瓜族に比べて、西瓜には少しく妖しい魔性が潜んでいるような気配も無くはない。

むかしは露地ものの西瓜の出盛りは、暑さがほんとうに元気な時季からは少し外れた、月遅れの盂蘭盆《うらぼん》過ぎのころからであった。

八月も二十日を過ぎると、力いっぱい鳴いていたアブラゼミやミンミンゼミの声にも心なしか疲れが見えて、惰性でしかたなく鳴いていている気分にも感じられてくる。

まだ残暑が厳しい昼寝覚めのけだるい時間には、村人たちは何をしようという気も起きず、みなボーッと時計の針を止めたようなひとときをすごしている。外の景色は午後のきびしい陽光にあぶられているのに、古い茅葺《かやぶき》の家の中はかえって小暗い。

昼寝からようやく這い出してきた婆さんが小さくあくびを洩らしながら、

「どれ、昼起きに西瓜でも食うべえ……」

と、家裏の暗い木立の陰の湧き清水から、よく冷えた一個の大玉の西瓜を提げて持ってくる。

やがてその家の育ち盛りの子どもたちや、父さん母さん、じいさんも吸い寄せられるように居間に集まってきたところで、西瓜は大振りな包丁でざくりざくりと切られていく。

またひとしきりセミの声が喧《やかま》しくなって、川の方角から木立を揺るがして、さあーっと風が吹いてくる。蟬時雨のなかで、一家の老若男女は黙々と西瓜を頰張っては、ぷいぷいと黒い種子をしきりにアルマイトのボウルの中に飛ばすのであった。

蟬時雨にヒグラシの声が混じってくると、陽が陰る。一段と涼しい夕風が流れてくる。収穫を終えたトウモロコシの畑に、さわさわと葉擦れの音がして、暑かった午後の日射しもようやく衰えのしるしをみせてくる。

そうだ。西瓜はそんな季節の食べ物であった。ほんとうの暑い盛りに少しばかり間に合わなくて、秋風が立ちはじめる新涼の頃の、ちょっと遅れて供される水菓子だった。涼風の漂う中でしゃぶりつく西瓜の味は、乗り遅れてしまった汽車の後ろ影をひとりさびしく見送るような、そんな去りゆく季節を啜《すす》る感があった。

やはり季題のとおり、西瓜は初秋の風を運んでくる果実というべきなのであろう。

いのちの果て

夏から冬の初めにかけて、古くなった家の建て替えのために、妻と二人、仮住まいをした。三階建てアパートの一隅の六畳二間で、狭いながらさほど不自由というほどでもない、簡素な暮らしの日々を過ごしていた。

アパートの隣地が七、八台の月極め駐車場になっている。引っ越してきたばかりの頃に、そこの境に植えられた柘榴《ざくろ》の樹が、いかにも渋くて酸っぱそうな青い実をたくさんつけた。暑い日ざしが和らいできた頃、柘榴の実は少しずつ赤みを帯びて大きくなり、青空に映えるようになった。毎朝、勤めに出かけるときに、それを横目で見ながら、（ああ、もう秋だ――）と感じた。

ある夕方。勤め帰りに郵便受けのフタを開けて覗き込むと、奥の方にハガキが見える。取り出して見ると、丁寧な女文字で私の住所と名前が書いてある。裏を返すと、中細のフェルトペンでたどたどしい文字が綴られ、最後に「澤嶋洋一郎」（仮名）とあった。

（よく書いたものだな……）と思った。

「ああ、あの糖尿病であちこち悪くして、寝たきりになったってひとね」

「そうだ。この間話しただろう。からだを悪くして、こっちへ戻って入院したんだ」

背を向けたまま、包丁で何かを刻みながら妻が言った。

「澤嶋さんて、ずっと前、年賀状よこしてくれていたひとでしょう？」

背広を着替えながら、台所に立っている妻に話しかけた。

「オイ、澤嶋がハガキをよこしたよ」


ひと月ほど前、市内に住む高校の同級生だった男から、澤嶋がT病院にいる、と聞かされた。重症の腎不全を患っているとのことだった。

澤嶋とは高校の同学年だった。クラスが一緒にならなかったので、一度も話したことはなかったが、お互い顔だけは知っていた。私が東京の大学に入学してしばらく経ったころ、道を歩いていると、むこうから声をかけ、ニヤリと笑いながらゆっくり近づいてきた。

「田辺だろう？」

彼は身長があり体格もよく、若いくせに押し出しの立派な男ぶりをしていた。それぞれの大学は別だったが住まいがたまたま近所で、以来、互いのアパートによく出入りし、雑談したり酒を飲んだり、女の話を語ったりしていた。話し手はもっぱら彼のほうで、私は大抵聞き役にまわっていた。大学のなかでは学園紛争が派手に繰り広げられていた七十年代の初め頃だ。貧乏学生の私に比べ、どこから調達するのか、彼はいつも懐が温かく、二人で飲み屋に行くと、大抵、先んじて私の分まで払った。私が自分の財布から金を出して彼に渡そうとしても、いつもいやな顔をして受け取らなかった。

しかし、付き合いの多いわりには、心を許せる親友といえる存在にはならなかった。いつでも自信たっぷりに自分を語ろうとする彼の視線に、私はどこか他人を感じていた。少なくとも、私を対等な友人の立場に置こうとしていなかった。彼にとって、私は単に手近な話し相手であればよかったのだろう。そんな雰囲気が感じられて、なりゆきで付き合ってはいるものの、彼との距離を縮めて肝胆相照らす仲になろうという気にはなれなかった。それは彼の方でも同じだったかもしれない。

大学を卒業後、澤嶋は東京の大手不動産会社に就職し、私は会津へ帰って公務員になった。それ以来、互いに年賀状を交わすほかは、もう四十年近く会っていないことになる。

彼は入社後すぐに頭角をあらわした。社内での肩書きがどんどん上がっていることは、毎年の年賀状に近況報告が書かれていて察しられた。年号が「平成」に変わってから間もなく、彼から挨拶状のハガキがきた。会社を辞め、独立して自分の不動産会社を興したのでよろしく、という内容だった。親分肌で、ひとの上に立ちたがるような男だったから、ふうん、なるほど、澤嶋らしいなと思った。

彼の会社がすぐに業績を大きく伸ばし、社長として相当な羽振りの暮らしをしていることは、その後の年賀状からも窺われた。地方でこぢんまりと暮らす自分の肩身が狭く感じられるような、厭味な文面に感じるときもあった。

十五年ほど前、澤嶋からの年賀状が途絶えた。私の出した年賀状は、転居先不明で戻ってきた。その数年前にバブル景気がはじけ、一転して地価がどんどん下落していた頃だ。彼の身に何かあったことは確実だったが、それ以上詮索しようとは考えなかった。


澤嶋が入院していると聞いても、初め私は会いたいとは思わなかった。格別懐かしく感じられるような人間ではなかった。しかし、いっときにしろ景気のいい会社の社長だった男が、実家のあるまちに身を寄せざるをえない状況は、彼がよほど零落して追い詰められていることを物語っていた。

（ふるさとへ廻る六部は気の弱り、か……）
二、三日経つうちに、私は少しずつ澤嶋に会ってみようという気になっていた。むかし飲み屋でおごってもらった借りを返さねばというのではなく、日本中の大学が紛争に明け暮れていた混沌の時代に、かりそめにも青春のときを共有した間柄ではないか、素直に見舞ってあげるべきだろうという気持ちだった。私はT病院へ行くことにし、見舞いの袋に相場の何倍かの額の紙幣を入れた。今は彼は経済的に相当苦しいはずである。そんな心算《つもり》で金を渡すのは、彼の気を悪くさせる瞬間がある気もしたが、かたちだけのお見舞いにもしたくなかった。ただ、実際会うのはやはり気が重かった。

──T病院に、重い糖尿病患者が入院している病棟がある。受付のカウンターで部屋の番号を訊き、私はそこの五階へ向かった。

四人部屋のいちばん奥に澤嶋はいた。正しくは彼らしい人物が横たわっていたというべきだろう。息をしていないのではないか、と思うぐらい静かに眠っていた。そこにいたのは、私の知る彼とはほとんど別人の、痩せこけて眼窩が落ち窪み、どす黒い皮膚が貼りついた人間の骨格ともいうべき姿だった。すっかり額が禿げ上がって、残った疎《まば》らな髪は真っ白になり、どこにも昔の彼の面影などはない。辛うじて特徴のある鷲ッ鼻が、これは澤嶋のものかと思わせる唯一の手がかりだった。

午後の陽射しが斜めにさし込むベッドの傍らで、私はしばらくボンヤリと立ったままでいた。そして、口を半分開けたままで死んだように眠る男の顔をじっと見ていた。

私は内心、ホッとしていた。澤嶋とこうして会っている。だが、今さらこういうかたちで会っても、私が話すべき何ものもなかったのだ。彼がなぜこんな姿になったのか、いきさつは色々とあったにちがいないが、それは今の私が知るべき理由のないことだ。彼の前で口を開けば、空々しい慰めや労《いたわ》りの言葉しか出てこない自分の姿が想像されていやなのだった。澤嶋は一向に目を覚ます気配はなく、昏々と眠り続けていた。

帰りがけにナースステーションを覗くと、まだ二十歳そこそこの小柄なナースがひとり椅子に座って、うつむいて何かを一心に書き込んでいる。

すみません、と声をかけると、驚いたように顔を上げ、大きい目をぱっちり開けて私を見た。

「澤嶋さんのところにお見舞いにきたんですけど、ずうっと眠っていて、起こすのも悪いもんですから……」

と、お見舞いの袋を上着の内ポケットから取り出し、これをあとから彼に渡してほしいのですが、と差し出した。彼女は瞬間、戸惑った表情になり、どうしたものか迷っていた。

「じゃ、この袋の裏に私の住所と電話番号を書いておきます。よろしくお願いします」

その場で書き込んで差し出すと、彼女はしかたないかという態度になり、椅子から立ち上がった。

「わたし、〇〇〇と申します。じゃ、たしかにお預かりしてお渡しします」

といって、私の手から見舞いの袋を受け取った。

エレベーターを降りて駐車場へと歩くころには、私は一仕事を片付けて肩の荷を下ろした気分になった。翌日からは、すっかり澤嶋のことは忘れていた。

――それから半月近く経って、澤嶋からの礼状が届いたのだった。

ハガキの宛名の文字は、多分私の見舞いを受け取ったナースが代筆したものだろう。裏面は、ひょろひょろ蚯蚓《みみず》がのたくったような文字が綴られていて、何とか判読ができるというものだった。

　このあいだはすまなかった　みまいにきてくれてありがとう　いずれまた会いましょう

――どうやら、そう書いてあるらしかった。あのときの、心臓だけが動いているような人間が、ベッドに寝たきりでこれを書いたのかと思うと不思議な気がした。あれはもうただ間近な死を待っているだけの人間の顔だった。

　そういう私も、少し前、死に近づいたと思える時があった。

　去年の秋、私は持病の不整脈が悪化して心臓機能が低下し、身体の末端部に十分血液が送れない状態になっていた。歩けばふわふわ雲を踏むようで、階段は這いながらやっと二階までたどり着いた。わが身に迫りくる異常というものは、自身では事態を容易には飲み込みにくいものらしい。そんなふうになってきても、なんだかちょっとつらくなってきたな、ぐらいに感じていた。だが、私の心臓の状態は日を増すごとに悪化していった。

　夜眠りにつくと、朝方早く、ぼんやりと目が開く。すると手足は血流が行きわたらず、死人のようにヒンヤリと冷たくなっていた。さすがに、これは危険な状態ではないかと気付いた。急いでかかりつけの医師から紹介状をもらい、妻に付き添われて郡山市の病院で診てもらうことにした。

検査の結果は、心臓の働きが弱って心房内に血栓ができかかっているという診断だった。もうあと何日か対応が遅れたら、心臓が止まるか、死なないまでも半身不随となる危険性が高かった。診察の翌日に即、胸骨を縦に割って肋骨を開き、人工心臓の助けを借りて心臓にメスを入れ、ドロドロの血液を除いたり不整脈を改善する手術が施された。

私は何とか生命の危機を脱した。

もしかすると、今ごろ妻は位牌となってしまった私を仏壇に据えて、がらんとしたボロ家に独り暮らすことになっていたかもしれない。そんな人生の岐路も、実際目前にあったのだ。ひとの命なんて、さほどにハードルの高いものではない。ちょっとしたタイミングのずれが、生と死を左右に分かつことがあるのだと思った。


あれから一年近くが経ち、私は何とか以前の七割ぐらいの体力にまで戻った。手術の傷痕は今も疼《うず》くが、どうやら人並みの暮らしはできるようになった。担当の医師からは、心臓のリハビリのために一日三十分以上の有酸素運動をしなさいといわれ、妻と二人してウォーキングを始めていた。平日は夜に懐中電灯を点けながら、休みの日には日射しが明るい時間に、近所の田んぼ道や川の土手をセッセと歩いた。

残暑もすっかり収まった頃だ。駐車場の柘榴の実は、陽に染まったように赤くなって裂け、大粒のイクラのような、潤《うる》んだ真っ赤な粒々をいっぱい覗かせていた。うまそうに見えるが、この果実はレモンのように酸味が強くて、果肉といえる部分は少なく、好んで食べたいとは思わない。しかし、日本の秋を彩る景物としては、美しい風情の感じられる果樹であった。

ある晴れて澄みわたった日曜日、私と妻は揃いの白いトレーニング・ウェアを着て、アパートの前で並んで準備運動を始めた。

「ここの柘榴もずいぶん熟れてきたなあ……」

私が樹を見上げてつぶやくと、

「みずみずしくて美味しそうね」

と、妻が目を輝かせた。

「イヤ、こいつは見かけ倒しで、精々、焼酎に漬けて果実酒にでもするぐらいのものさ」

誰が植えたものか知らないが、三十個ほどもついた柘榴の実は、採り入れる者もなく、鳥たちにも食われずに樹にぶら下がっているうちに、いつか腐ったり風に揺すられて地面に落ちてしまうのだろう。

「そういえば、澤嶋さんというひとは、その後どうなったの？」

「さあ、わからないなあ。まだ生きているんだか、もう死んでしまったのか」

「友達だったのに、気にならないの？」

「気にならないこともないが……どうしても知ろうとは思わない。もう一度、T病院まで生死を確かめに行くというのもなんだし」

私にとって、澤嶋が生きているかどうかは、実際、もうどうでもいいのだった。病院のナースに渡したお見舞いの金は、あの時、実は彼への香典のつもりだった。自分は澤嶋にとって、頼りにならぬ一介の薄情な男にすぎない。ひととの交わりには時とともに濃淡があって、彼はすでに遠くに霞んでしまっていた存在だった。そのとうに離れ離れになった彼と私の道が、なぜかもう一度だけクロスする瞬間が生じた——そういうことだったのだ。


柘榴の実のおおかたは、それからひと月近くも、しぶとく枝に掴《つか》まっていたが、少し寒さを感じる頃に、ゴウゴウと吹く季節外れの台風に襲われ、夜中にほとんどが落ちた。翌朝わずかに残ったものは、近づいてよく見ると、小さく未熟なままに水気を失った、硬く萎んだ実ばかりだった。

澤嶋はすでにこの世にはいないだろう……ふっと、その思いが胸をよぎった。

すると、彼という人間が、なぜか以前よりも、ずっと親しく懐かしい存在に感じられてきたのだった。

父の思い出

ほんとうに忘れっぽくなった。まだ還暦を過ぎたばかりというのに、もしかすると認知症の前兆なのかもしれない。

わが家の一階にいて、ふと思いついて二階に物を取りに行こうとする。

（あれ？　何を取りにいくのだっけな……）

階段を上がっていく途中で、もう目的を忘れている。老眼鏡だったかな、いや、メガネは鼻の上にちゃんとのっかっているぞ。まあ、二階に上がれば思い出すだろうと、そのまま上がりきる。だが、結局何だったか思い出せない。しかたなく、（エエイ、最初からやり直しだ！）と階段をまた下りて一階に戻り、いまいましい思いでもう一度上っていくと、階段の途中で、ああそうか、アレ、アレだよ、と気づく。

今度は頭の中に、その記憶の水が入ったコップを両手で捧げ持つようにして、そろそろとまた二階へ上がっていく。

五十代の頃には、こんなことはめずらしいことだったはずで、うっかり忘れてしまうと、

「なんだ、今日の俺はいったいどうしたんだ」

と、自分の迂闊《うかつ》さを責めたりしたが、今はあまり毎度のことなので、自分の注意力欠如のせいだといちいち思わなくなった。階段を上る途中で、また自分が何をしようとしていたか忘れても、

（まあ、降りてもう一度やり直せばわかることさ）

と、たかをくくるようになった。

近ごろ、そんな調子なのである。


私の父・幸一もよく忘れるひとだった。それも私が小学生の頃からすでにそうだったから、彼がまだ四十歳になる前のことである。母もよく、

「父ちゃんは、ほんとにワセンボウなんだから……」

と嘆いていた。

しかし父は小学校の時の成績はいつも一番だったそうだから、頭が悪いわけではない。よく「抜ける」のである。

父が正月の年始参りで、村の親戚の家々を回る。すると必ず、マフラーとか、手袋、カサの類いをどこかに忘れてくる。忘れたことに気づいても、どこに置いてきたかを忘れている。しかたなく一通り回ってから、一軒一軒逆コースをたどって聞いて歩いた。そうす

ると何軒目かで、

「ああ、このマフラー、やっぱり幸一さんだったのがぁ」

と判明するが、

「まあ、寒いどこ、たいへんだったべ。あがってちっとあったまっていがっしぇ」

と引き止められて、またその家で熱い茶を一杯ごちそうになり、さて帰ろうというときには、父はもうマフラーのことなどすっぽり忘れている。雪の中を表に出て歩き出したところを、その家の人が慌てて追っかけてきたなどという話も聞いた。

それほどではないと思っているが、私も父の子だからわからない。血筋はおそろしい。歳をとればとるほどに、たいていは良くない部分で父か母のどちらかに似てきている。忘れん坊なのは父親、髪が白くなったり心臓が悪かったりするのは母親ゆずりであるし、ほかにも思い当たることばかりだ。

父は普段はいたって真面目な人だったが、ひどく飄軽《ひょうきん》でお茶目なところがあり、他人を笑わせて喜ぶことが好きだった。大工だった父と、公務員である私とは、職業柄その点はまず似ていないと思っていた。ところが、謹厳実直であるはずの私に、近年いささかその傾向が現れてきている。

しかつめらしい会議などの場で、いい案がまとまらず皆がイライラしてきたりすると、私はつい、

「どうしよう？　……金賞、銀賞、銅しよう、、、」

などと、つまらぬことを口走ってしまうのだ。その場の雰囲気を少し和らげるつもりなのだが、必ずしも十分に成功しているとはいい難く、周囲のひんしゅくを買って頭を掻くことも度々である。そういう失敗をするところも父親似であると、この頃いたく感じるようになった。


林の中の道が薄暗くなってきて、ヨタカが「キョキョキョキョキョキョキョ！」とけたたましく鳴きだしたのは、あれは多分秋の日暮れのことである。

その日、小学六年生の私と三つ下の弟、それに母の三人で山の畑のサツマイモを掘りに行った。学校の授業が終わって出かけたから、藁《わら》のカマスに収穫した芋を詰めて、それぞれの体力に応じて背中に負い山道を下り始めた時は、もう西空に一番星が淡く光っていた。

サツマイモというのは、思ったよりも重量があるもので、背負うと両肩をグッと後ろに引っ張られるように荷縄が食い込む。ずしりと重い荷を負って、三人は覚束《おぼつか》ない足取りで細い道を辿っていった。

うぉーん、うぉーん、うぉーん

どこからか、奇妙な唸り声が聞こえている。

どうもその声は私たちが向かう先の、道が右に直角に曲がる辺りの暗い林の方からしているようである。その声はだんだん大きくなって、こちらに近づいてくる。


うぉーん、うぉーん、うぉーあん……


私たちは緊張して立ちすくんだ。

不気味な声だ。大きな猫の声のようでもある。猫とすれば、人を捕って喰らうという志《し》津倉山《づくらやま》のカシャ猫のような、大きな化け猫の類いかもしれない。ぐうっと頭を持ち上げながら鳴くという狼の遠吠えにも聞こえる。いったい何ものかさっぱりわからないが、たしかに怪しい獣がこの先に潜んでいることは間違いない。私たちは重い荷を背負ったまま、一歩も動けなくなってしまった。

（ハァ、なじょすんべえ……）

母の表情は硬くなって蒼ざめている。弟は母のモンペの端をぎゅっとつかんで、もう泣きそうな顔になっている。

体中の血の流れが止まったような何分間かが経った。

下の方から作業服に長靴姿の父が軽い足取りで上ってきた。父はこちらを見上げて、

「オーイ、いつまでも下りてこねえで、一体《いってえ》なじょしただぁ？」

と声をかけてきた。

「んだって、下の方で変《へ》な声《だ》すっから。おらぁだち、おっかなくて、おっかなくて……」

ともかく父が来たので、母が安堵して顔をゆるめると、

「何の声だと思った？」

と、父が訊く。

「はあ……」

私たちが首をかしげると、父は笑って言った。

「熊の鳴き声のわけだったんだけどもなあ」

私たちはドッと力が抜け、呆れて物が言えなかった。父は私たち三人を待ち伏せておどかそうと、熊の鳴き声を真似たのだった。

（まったく、父ちゃんの悪ふざけにも程がある！）

母も私もみなプンプンだった。どれほど怖い思いをしたことか、私たちはいっとき真剣に生命の危機を感じたのである。

その雰囲気をどうやら察して、さすがに父もバツがわるそうな顔になった。

「悪《わり》がった、悪がった」

父はしきりと謝ってから、私と弟の荷を降ろし、カマスの中のサツマイモを一つにまと

めると、自分の背にヨイショと背負った。私と弟はすっかり身軽になってしまった。

考えてみると、父は私たちのことを心配して、大工仕事を終えてからわざわざ迎えに来てくれたのだから、本来みんなに大いに感謝されるべきなのだが、全く余計ないたずらをしたものである。それにしても、あんな鳴き真似では、どうしたって熊とは聞こえなかった。一聴、(うわっ、熊だ!)と思う声だったなら、私たちはすぐさま廻れ右をして、下りて来た道を一目散に駆け上っていたにちがいない。

落ち着きを取り戻した私たちは、山の端に明るく輝きはじめた星を眺めながら、父はいちばん重い荷を背負って先を行き、母と子どもたちはその後ろを付いて山道をトコトコと下りていった。

歩きながら、父が鼻唄を歌いだす。

♪ ノンキな父サン、お馬《んま》の稽古、お馬が走り出して止まらない。子どもが面白がって、父サンどこ行くの?　どこへ行くのかお馬に聞いてみな。へへ、ノンキだね……

まことにノンキな父さんだなあと、私たちもなんだか楽しくなってきて一緒に歌いだした。

眼下に里の家々の灯りが見えてきた。後ろの山の方では、またヨタカが拍子木を打つように忙《せわ》しく鳴きだした。

あの頃まだ若かった父も母も、二人とも七十代半ばの歳まわりで、呆けがくる前にこの世を去ってしまった。

いまは医療が非常に発達し長寿命化が進んできたおかげで、頭が健康なうちに死ねる人間の割合はどんどん減っている。私も運良く長生きできたとして、このぶんでは引き換えにおおかた呆けることになるのだろう。それが運のいいことなのか、それとも悪いことなのか、今から何だか相当に悩ましい話である。

十月の蛾

以前、夏から冬にかけて、古い家の建て替えのあいだ、妻とふたり狭いアパートでの仮住まいをしていたころのことである。

アパートの風防ドアを開けて中に入ると、一階には畳三枚分ぐらいのスペースがあり、二階へ上る階段の天井には小さな蛍光灯がぶら下がっていて、あたりが暗くなるとポポッと点《っ》く。その蛍光灯はだいぶ古いものらしく、クモの巣がからまった蛍光管は薄汚れて、頼りない明かりを落としていた。

十月初めの或る晩、私がいつものようにウォーキングに出るためにトレーニング・ウェアに着替えて、入り口が開け放たれた一階のスペースで準備運動をしていると、頭上をパタパタと蝙蝠《こうもり》でも飛ぶような音がした。見上げると、羽の差し渡し十五センチもある一匹の大きな茶色い蛾だ。ああ、いやな奴が入ってきた、早く出ていってくれないかなと思っていると、天井の蛍光灯の周りを埃っぽい鱗粉をまき散らしながらクルクルと回りだした。

私は蛾という虫が苦手なのである。たいてい翅は濁った枯葉色をしていて美しくない。

一見、蝶のように鮮やかな色をしている種類もいるが、美しいというより、どこか毒々しさがあり、文字通り夜の蝶の印象がある。芋虫のまんまの太った腹もいけない。私は芋虫というやつが、チラッと見ただけでも、あまりのおぞましさに鳥肌が立つほどの、大の、大の、大嫌いなのである。どうしてあれほど気味の悪い姿をしているのか、造物の創造主に抗議を申し立てたいぐらいであって、その芋虫のむっくらした姿を腹部に留めている蛾という成虫も、やはり私にとっては許しがたい存在なのである。

蛾の中には、ルビーのような赤い眼をして、じっと人をみつめているような奴もあり、眼を合わせると、こちらがちょっとたじろいでしまう。何を考えているかわからない、不気味な、関わり合いをもちたくない赤の他人、といったイメージである。性格もいたって暗そうで、日向でなく日陰、昼より夜という感じだ。そういえば、むかし観た映画『ピーターパン』に出てくるティンカーベルは可憐な蝶の妖精《フェアリー》だったが、翅の一はたきで都会の街の屋根をことごとく吹っ飛ばしてしまう巨大な「モスラ」のほうは、蛾の怪物《モンスター》であった。

田舎に暮らしていた子どものころの夏時分、あたりが薄闇になると、垣根にからまった夕顔の白い花に、スズメガが蜜を吸いにやってきた。この蛾は、ハチドリのように羽をブーンと細かく震わせて、宙の一カ所に止まったまま、長い触角のような口先を突き出して上手に夕顔の蜜を吸う。起毛したベルベット布地のような、艶《つや》やかに膨れた腹をして、それをふくふくと収縮させている姿を気味悪く思った。昆虫のくせに妖しい振る舞いをする。これも蛾という虫のいけないところである。

——つい長々と、蛾に対する日ごろの私情を吐露してしまった。

さて、迷い込んできた蛾だが、いつまでも飛び回るばかりで、外へ出ていく気配がない。準備運動を終えた私は、それが気になりながらウォーキングにでかけた。

一時間ほど歩いてアパートに戻ると、天井にはもう蛾の姿が見えない。やれ、もう出ていってくれたのだなと安堵して、念のため背後を振り返ると、右手の隅に茶色い木の葉のようなものが眼に入った。あの蛾だ。やっぱり、まだいる……。

「おーい、ちょっと団扇《うちわ》をもってきて」

ドアを開けて、妻を呼んだ。

どうしたの、と言って、妻は台所の食器洗いの手を休め、タオルで手を拭きながら玄関のドアから顔をのぞかせた。何でもいいから、とにかく団扇だ。早く持ってきて、と言うと、奥の六畳間から、近所の美容院がくれたビニール製の団扇を持ってきて差し出した。

「蛾がいる」

「え、なにするの？」

「まあ、こっちきてみなさい」

団扇を片手にした私は、サンダルをつっかけた妻と並んで、蛾のうずくまっている場所に立って下を指さした。

「こいつ、さっきからずっといる。入り口は開いているのに出ていこうとしないんだ」

「飛んで火に入る夏の虫ね。あ、もう十月だから秋の虫か」

私は、むこう向きになっている蛾の腹の下へ団扇をそっと差し入れ、蛾のからだを載せた。団扇の上で蛾はよちよちと蠢《うごめ》いたが、私は急いで表に出ると、思い切り団扇を振るって空中に放り投げた。蛾は明かりが届かない隣の空き地の草藪に沈んだ。

しばらくの間、蛾を投げ打った闇を窺ったが、何の気配もしなかった。たかが蛾一匹のことなど、どうでもいいではないか。少し騒ぎすぎたなと舌打ちする気分になりながら、私はこのごろどうでもいいようなことが妙に気にかかって後に尾を引く自分を持て余していた。もう先が見えだした人生の貴重な時間を、こんなことで費やしている自分が腹だたしかった。

前年の秋、大病を患って入院し、結果どうにか命をつないだ私は、近ごろは自分には新たな課題に立ち向かっていく力はもう残っていない、あとは淡々と余生を送る人生でもしかたないのだと、未来に背中を向けて生きているのがハッキリわかっていた。じっさい、勤務に復帰してからの仕事ぶりは、手抜きしているなと感じることが多くなった。それでも、夕方には重い疲労感を背負って帰るのが常だった。

還暦の峠を越えた歳のせいばかりではなく、毎日をあくせくと生きることに、もう倦んでいたのかもしれなかった。長年、周囲の期待に応えよう、恥をかくようなことはすまいと、自分の能力の目いっぱいでがんばってきたツケがまわってきたと思った。もうそろそろアクセルをゆるめてもよかろうと言い聞かせながら、一方でどこか空虚なものが心に忍び入ってくる気持ちをぐっと防ごうとしていた。

私は市役所で長らく公務員生活を続け、五十七の歳に一旦、市の一般職員を辞して、監査委員として本庁から離れた庁舎で勤務していた。入庁以来ずっと、日々気の休まらない生活を続けてきたせいで、第一線から身を引いたとたんに心身の崩れが速やかに襲ってきた。突然真っ赤な血尿が出たり、不整脈がひどくなったりの不調が続き、あげくの心臓開胸手術だ。退院はしたものの全身の肉が削げ落ちて、立っているのも億劫な状態で、もう元の身体に戻れるとはとても思えなかった。いちどに十も二十も歳を取ってしまった気がした。

ひとは心が防戦にまわってしまうと、他人の何でもない言葉やしぐさが妙に心に懸かったり、客観的に妥当な判断が急に見えなくなったりするものである。次第に気持ちが小さくしぼみ、うつむき加減になってきたことに感づいて、そんな自分に嫌気がさしていた。日ごとに秋が深まり、どこかでコオロギの内省的な鈴の音が、しんみりと聞かれる季節になっていた。

また夜になった。夕食後に妻を誘って一緒にウォーキングに出かけることにした。

「あれっ、昨日のやつじゃない？」

妻が指さした風防ドアの右下に、茶色い葉っぱのようなものが伏せっていた。

あの蛾だ……。

どうしたのだ、また生きて舞い戻ってきたのか。いったいどういう気なのだろう。まったくしょうのない奴だ。ならば、どうせもう先は長くないのだから好きにさせればいいと思った。

次の朝ドアを開けると、足元に蛾の茶色い翅が半分ちぎれてあった。おや本体はどこへいったろうと目で捜すと——いた。出口近くの右隅にじっとうずくまっていた。

もう死んだかと爪先でちょいと触ると、のろのろとした動きで反応する。ぴくぴくと震える翅をもちあげて（生きているぞー）と主張するかのようである。人間の場合なら、したたかに酔ってへたばった奴に「オイ、大丈夫か？」と声をかけると、「ああ……」と片手を上げて、まだ意識はあるぞと示す、あのしぐさみたいに思えた。

次の日も、また次の日も蛾はその場所を動かなかった。

新月の暗い夜が続いたあとに、南の空に蛾眉のように細い月が出た。

蛾がアパートに迷い込んで、もう一週間になる。その間、もちろん飲まず食わずでいるのだが、私が翅に触れると微かに反応する。まだ生きているのだ。生命力というより、末期の姿でじっと死ぬのを待っているかのようだった。虫だから意識はないのだろうが、人間ならこんな姿をさらしたままで意識を保ち続けているのは実にたまらないと思った。

自らの死を意識することなく死にゆく生き物には、生物的な死はあっても精神の死はない。そもそも自己の認識がないから精神というものがない。であっても、生きていたい、死にたくないという本能は、あたかも意志あるもののように蛾を動かし続けるのである。

それにしても、どうして蛾はこの場所に居ることにこだわるのだろう。

だいぶ以前に、東京の山種美術館で速水御舟《はやみぎょしゅう》の『炎舞』を観たことがある。大胆な縦長の構図に、闇の中で鮮やかな橙色の焚き火が高く燃え上がっている。そこに吸い寄せられるように大小様々な模様をした蛾が、くるくると群がり狂うさまを描いた絵である。飛んで火に入る夏の虫、の喩えのとおり、群がる蛾たちは次々と翅を焼かれ、身を炙られて炎に同化していく。自殺を知らない虫たちが、なぜ自ら死を択ぶかのような行動をとるのか。生きようと必死になっているはずの生き物が、なぜ炎の中に自ら命を投じてしまうのか——死に魅入られた蛾たちを描いたその絵は、不可解を突き抜けて異様な妖しさを感じさせた。

その蛾たちと同じようなことを、人間も歴史上枚挙に暇《いとま》のないくらいやっている。

国が生き残るために大きな戦争をする。そのために多くの命が失われ、二度と戦争などあってほしくないとみんなが祈りつつも、現実には狂熱的な思想に突き動かされた人たちによって、今も世界各地のどこかしらで戦争が起きている。援け合うべき同じ民族同士が二つに分かれての悲惨な争いも繰り返される。この平和な日本でさえ、つい百四十年ほど前には戊辰戦争や西南戦争などの内戦によって夥しい血が流れ、多くの不幸な民が流浪した。

生きるためなら死んでもいい、という矛盾する行動は、生き物たちの逃れられない本能なのだろうか。あるいは、死をも超えようとする生きかたに、われわれは惹きつけられ導かれてしまうのだろうか。理性や打算が入り込めない生き物の世界は、われわれ人間にも濃厚に存在すると思った。

蛾に出会って十日ほどが過ぎた。朝、アパートから出るとき、いつものように生死を確かめようと、持っていた雨傘の先で蛾に触れてみたが、全く反応がなかった。しゃがんで翅をひっくり返すと、蛾はかさりとかすかな乾いた音をたてて茶色い腹を見せた。

もうそれは動かなかった。

私は蛾の翅をもって立ち上がり、表に出た。ぱらぱらと雨が頭や肩に降りかかってきた。十月の雨は、淡く靄《もや》っていた。死んだ蛾を、もう一度隣の空き地の草藪に思い切り放った。細かい雨粒が、私の瞼《まぶた》を濡らし頰を濡らした。

(さらばだ……)

その言葉こそ口に出さなかったが、蛾の死を最期まで見届けたと思った。

そして、私は――わたしは命を絞り尽くすまで生きてみようと思った。

バルビゾンの夕暮れ

十月に入ると、日の暮れは目に見えて速やかになった。

まだ明るい午後四時ごろから、近所を流れる川の土手沿いにウォーキングをしていると、早くも陽は薄目がちになり、西空のキャンバスには、墨汁を流したような暗い秋の雲と、ほおずき色に染まる夕焼けが滲みあって広がっていた。

川面には四つ五つ、七つ八つと、この頃いやに数を増したカルガモの群れが、逆光の中に黒いシルエットを浮かべている。路に丸々とうずくまって寝ている一団もあり、私が遠慮して脇によけて通り過ぎようとすると、首だけ捻《ね》じ上げて、こちらを横目で流し見ている、人ずれしたふてぶてしい奴もいた。

土手の上からは、遥かに会津盆地の西の山裾にかけて、広々とした田園風景が望まれた。あらかた収穫が終わった田んぼには、コンバインで脱穀された藁くずが散乱しているばかりで、今どきの刈田の眺めはひどく味気がない。

かつては旧国鉄・只見線で会津若松から坂下方面へ向かうと、この季節の車窓からは、刈り取った稲束を干す一本稲架《はさ》のワラボッチの隊列が、童話にでてくる小人たちの家のように延々と見晴らされて、会津が豊かな穀倉地帯であることを旅客に印象づけていた。七折峠《ななおりとうげ》を越えた、柳津町《やないづまち》辺りの只見川沿いの谷あいからは、急に耕地が狭《せば》まってくる。ワラボッチが姿を消し、かわりに丈夫な細木や竹を使って支柱を立て、横木を何段にも高く組んだ稲架が見られてくる。日照時間が少ない土地であるために、稲籾の乾燥を少しでも早める工夫であるのだろう。

さらに奥に入った私の村では、これを「ネリ」と呼び、田にネリを組むことを「ネリを結《ゆ》う」といった。ネリ結いは、なかなか難しい作業で、前後左右に支柱をしっかり立てないと、稲束を全部架け終わった後に台風に襲われ、根こそぎ薙ぎ倒されることがあった。倒れたネリの主は、村人たちからは気の毒がられる一方で、(ネリ結いが、いいかげんだったからだ)と、陰口をたたかれる事もしばしばだった。

ネリが仕上がると、さっそく稲刈りである。天気のよい日には村じゅう総出で、猫の手も借りたいほどの忙しさとなる。小学生といえども、学校から帰るとランドセルを置くや、すぐに着替えて家族が働く田んぼへと急がねばならない。今思えば、その頃の田舎の子どもというのは実に働き者で、わが家は勿論、親戚の手助けにも駆り出されていた。

母の実家の田んぼが近くにあって、わが家の仕事の目処《めど》がつけば、次はそちらの手伝いに行かされた。私の母方の祖父が、刈り取った稲束の根元を二つに割ってネリに架けてい

る。私が傍にきたのに気づくと手を休め、首に巻いた手ぬぐいをとって額の汗を拭くと、

「そんじゃら、そごさある稲、上さ投げでくろ」

と、稲束を積んだ山から一束掴《つか》みあげると、それを私の腕に渡した。

「左手で稲の根元の方を軽く持って、上さ向ける。右手は穂をつかんで腰につけ、穂先を撓《たわ》めて少し捻じってヒョイと放り上げて、そん時ちょうど根元のところが、ジイちゃんの胸の前でピタッと止まるように上げんだぞ」

そんな、子どもにはかなり難度が高いと思われる稲上げのマニュアルを口授してから、祖父はネリに立てかけてある梯子《はしご》に上って、ホイ、と声をかけた。私は高さ四、五メートルの空中の目標地点めがけて稲束を放り上げる。それがなかなかうまくいかない。高く上がり過ぎると、祖父は稲の穂の部分を掴んでしまい、藁でしばってある根元の方がダランと下がって、あとがやりづらい。上げる方向も正しくないと、手を伸ばしても届かなかったり、近すぎて受け手のアゴにアッパーカットを食らわすことになる。しばらくは稲束を地面に落とすことも多くて作業は一向にはかどらず、私は音を上げてしまった。

「じいちゃん、ダメだあ。全然うまぐいがね!」

すると、祖父は苦笑いしながら梯子から下りてきて、私の背中のほうから腕を廻して指南してくれた。

「腕だけで上げんべとすっから、くたびれるばっかで、ちっともうまぐいがねえ。もっと

足腰をこう使って、腕の力はほんとに最後の一押しだけでいいだぞ」

それに倣《なら》ってやっていると、徐々にコツが飲み込めてきた。三十分ほどするうちに、十中八、九は、稲束がピタリと胸の前に止まるようになった。

「おお、よーし、だいぶ上手になったな。ほんじゃ、一服つけんべえ」

祖父は梯子から下りてきて、少し猫背のやせた身体を田んぼの畔に落ち着けると、おもむろに腰からキセルを取り出した。刻みの「桔梗」を一つまみ指先にとって火皿に詰め、「虎印」のマッチで火をつけて一息吸い込むと、細い眼をいっそう細めて、うす青い煙をうまそうにふうーっと吹いた。酒を飲まない祖父の、唯一の楽しみが煙草喫《の》みであった。

すっかり辺りに夕べの影が長く伸びてきて、赤とんぼがうるさいほどに群れ飛ぶ空を、カラスたちがねぐらへカオ、カオ、カオ……と啼いて帰っていく。

西の山上には、夕星が明るく点《とも》り、祖父と私は暗い夕焼け空を黙って見上げていた。


祖父は、根っからの農夫であった。

名前を佐四郎《さしろう》といって、村の人たちからは「サッショウじい」と呼ばれていた。何だか、むやみに生き物を殺《あや》めそうな名前だが、実際は全く正反対の、虫一匹殺さない穏やかな篤実そのものの人柄で、皆から「仏様のようだ」と評されていた。本人にすれば、まだ元気に生きているうちからそんなふうに言われるのは、嬉しいようで嬉しくもないような、妙な心持ちだったかもしれない。

農夫、といっても、そうたいした田畑を持っていたわけではない。少しばかりの養蚕や鶏飼いもしながら生計を補う、細々とした暮らし向きであった。夫婦の間に七人の子が生まれたが、戦後の食糧事情の悪い頃に、次女と三女の年ごろの娘を相次いで病いに失うという、つらい出来事にも遭った。

貧しいなかで男の子ふたりは大学にも出し、あいかわらず淡々と百姓仕事に精を出す日々を過ごしていたが、ふとした怪我がもとで農作業ができない身体になってしまい、やがて枯れ枝がポキリと幹から離れて落ちるように、ひっそりと世を去っていった。

七人の子の長女が私の母であり、私はサッショウじいにとって初孫にあたるわけだった。大工職人の棟梁だった父のわが家よりも、母の実家の穏やかで温かい雰囲気が好きだった私は、家が近かったこともあって、幼い頃から母の実家にしょっちゅう入りびたっていた。

仏壇の置いてある線香くさい茶の間に上がると、正面の煤《すす》けた柱の高いところに、額入りの古い西洋の絵が掲げてあった。私が物心ついた頃には、その絵は既に茶の間のヌシであるかのように穏やかに鎮座していた。

——遠い地平が絵の画面を二つに割って、空には秋の午後の雲が鈍く光っている。柔らかく光があたった草原には、羊たちが群れかたまって黙々と草を食《は》んでいる。

その群れの手前に、赤いスカーフのようなものを頭に巻き、くすんだ色のマントを着た一人の少女が、うつむいて手を前に合わせていた。お祈りでもしているのかと近づいてよく見ると、手先は編み棒らしいものを持って、無心に編み物をしているようであった。

私はいつでもその絵を眺めるたびに、秋の午後の時間がそこにひざまずいて、息をひそめて静止しているかのような敬虔な思いにうたれた。この絵の中には確かに神様が宿っている――そう感じていたのだった。

ずいぶん後になってわかったのだが、その絵はジャン・フランソワ・ミレーの、有名な『羊飼いの少女』の複製画であった。ミレーは、十九世紀中頃のフランス・パリ郊外のバルビゾン村に移り住み、大地を耕して生活する貧しくも純朴な農民たちの姿を、自らの生命を彫り込むかのように、生涯黙々と描き続けた画家だった。

母の実家の柱にどうしてその絵があったのか、もう、しかとは由来が知れない。もしかしたら、サッショウじいが自身の毎日にひそかな祈りを捧げるために、あの絵を求めて掲げ、朝な夕なに眺めていたのかもしれない、とも考える。

サッショウじいが亡くなってだいぶ経ったころに、私が好きだったミレーの絵の額は、いつの間にか柱から消えて何処《いずこ》へか去ってしまった。

冬の新聞

　わが家の新聞受けは、玄関を出て駐車場をまたいだ先にある。夏はともかく、冬期間、ことに雪の朝は取りにいくのが億劫《おっくう》になる。長靴を履き、パジャマ姿に綿入れ半纏《はんてん》などを引っ掛け、首をすくめて表に出る。

　新聞を広げるのは、妻と二人分のコーヒーを淹《い》れ、縁《ふち》の少し欠けたカップに注いでふうふう冷《さ》ましながら一口啜ったあとである。一面をざっと眺めまわしたところで、次には必ず「おくやみ」の載った紙面を開く。まず地元の会津地域をじっくり、そして近況が気になる老人が住む郡山といわき地域に目を移す。

　ふむ、知った人は誰も亡くなっていないな。

　またコーヒーカップを口許《くちもと》にもっていく。

　新聞でこの頃いちばんお世話になるのは、このおくやみ欄になった。それだけ私らが年を重ねてきたということだろう。九十歳、百歳という高齢の人たちに交じって、私らと同世代の訃報がある。（ああ、あの人が亡くなったんだ）と、息を止めるときもある。これは告別式に顔を出さねばならんな、と日取りと場所をメモしてから、それにしてもこの歳で一体どうしたんだろうと思ったりもする。

私も心臓の手術をしてから、余計に人の死に敏《さと》くなってきた。日本人男性の平均寿命は現在七十九歳と数カ月である。いま私は六十一歳だが、平均寿命までの日数は六千七百日を切り、毎日着々とカウント・ダウンは進んでいる。

いつの日にか、新聞のおくやみ欄に私の名が載る。その時は必ず来るのだ、とは思う。しかし、その考えは昔ほど嫌悪感を伴わなくなってきた。

ひとは歳を取るにつれて、少しずつ自分の死に慣れていくものなのだろう。ことに父や母を亡くしたあとは、自分の分身（本当は私らの方が分身なのだが）がこの世からいなくなったような思いがして、死がいっそう身近なものに感じられてくるのではあるまいか。


私の父は、平成五年二月に前立腺ガンのため、七十三歳で亡くなった。五年近く入退院と手術を繰り返すうちに次第に全身にガンが転移し、最期は病院で肺炎をおこして呼吸が困難になった。眉根にしわを寄せ、ひっ、ひっ、ひっ、としゃくり上げるような呼吸をして、長時間苦しんだあげく息が止まり、やがて紫色の唇からぶくっと濁った血をこぼした。

誰に対しても、明朗快活で心やさしい人だった。

母は、父の死を深く悼みながら、それから七年間を田舎で独り暮らした。

平成十二年の二月末から急に降り積もった大雪を片付けようと、三月初めの晴れた日に、カンジキを履き、只見川沿いの家の裏手にまわってスコップで雪を掘る作業をしていた。午後三時頃だろうという。その作業中に、突然屋根から落ちた雪でドッと体を押し出されたらしい。母はスコップを持ったまま約二十メートル下の只見川に転落した。

私の職場に妻から電話があり、母の行方がわからなくなっていると知らされたのは、夕方の五時近くだったろう。その瞬間、私は（アッ、母は死んだ！）と直感した。スウッと胸が冷え、頭から血が引いていった。自分は今、恐るべき事態に直面している——そう覚悟した。

私はできるだけ冷静になろうとした。母はもうきっと死んでいる。とにかく今、自分は何をすべきなのか、しておかねばならないかと、高回転でクルクルと頭を廻《めぐ》らせた。職場の部下たちに事情を手短に話し、いくつかの指示をした後、しばらく仕事に戻れないだろうからよろしく頼む、と言った。それから実家の所轄警察署に電話を入れ、捜索を依頼した。

急いで自宅に戻り、遠く離れて住む弟と妹に電話をした。残念だが母はもう駄目だろう、この季節では遺体が見つかるのは時間がかかるかもしれないが、いずれにしろ、こちらに向かうときは喪服も用意してきた方がいい——そんなことまで話した。

全く暗くなった只見川沿いの道路を、私は車のライトを点《つ》けて実家へ急いだ。できるだけ気を落ち着けて運転していたつもりだったが、トンネルの中に入る時、昼間の感覚で思わずライトのスイッチをひねってしまい、真っ暗闇になって慌《あわ》ててまた点けたりした。

その夜遅くまで、村の消防団の人たちによって母の捜索が続けられた。凍《い》てつくような晩だった。只見川には薄氷が張り、捜索の舟はざりざりと川面の氷を割りながら慎重にサーチライトを照らして進んでいった。

「いたぞ！」と誰かが叫んだ。

母は転落した場所から少し下流の岸辺近くに、うつ伏せになって浮いているところを発見され、舟に引き上げられた。

舟が船着場に着いたとき、私はその岸に体を硬くしてたたずんでいた。舟の中に母が横たわっていた。それはもう生身の人間というより、凍りついた一つの塊だった。消防団員たちが母の強ばった体の頭と脚を持ち上げて、オレンジ色の担架に乗せようとした。濡れた髪の母の顔が見えた。半開きになった、もう何も見ていない眼をしていた。ひきつったようにゆがんだ口元が少しあいて歯が見えていた。

検死の医師が到着したのは、もう夜中の十二時を回っていた。老医師は遺体を検《あらた》めると、私はじめ周りの親族に向き直って淡々と言った。

「ご遺体を検分したところ、水を飲んで溺れた様子がありません。丁度左の乳の下に骨折している箇所が見られました。スコップを持ったまま転落されたということですから、その柄の部分で着地の際に心臓を強打し、ほとんどショック死状態で亡くなられたのではないかと思います」

それなら、母は苦しむ間もなく死の闇に直行したのだ。そのことは母にとって、また私たちにとっても、せめてもの救いだったと感じさせた。

真ッ逆さまに崖を滑り落ちてゆく、死ぬ一瞬前の母の驚愕の表情が、閃光のように心に浮かぶ。母は自らの死を意識する暇《いとま》は無かったろう。全く突然に予想外の死に出遭ったのだ。

翌日の新聞に、早速、母の事故の記事が載った。

「雪下ろし中の老女、川に転落死」と、社会面の左上に大きな扱いで報じられていた。

この年の豪雪は三月を目前にした遅い時期に、不意を襲って連日大量に降り続いた。各地で雪害が報じられたが、母もその犠牲者の一人とされたのである。

もしも、あの季節外れの時期に大雪が降らなかったら——そして前日までに私が殊勝にも実家の雪片付けに帰っていたとしたら、母は今も生きて好きな短歌を詠んでいたかもしれないと考える。それを不運な死と嘆くか、私の責任と悔やむか、それとも、あれは母の運命であったと諦めるか——いくつもの思いが交互に胸を掠めたが、いずれにしても唐突に母はこの世から去ってしまった。父より三年長く生きたが、まだ七十六歳で、日本人女性の平均寿命まであと十年近くもあった。

平成二十二年の暮れは、クリスマスに一メートルを超す大雪が降り、会津地方の交通が一時マヒ状態になった。テレビで会津の豪雪が全国に報じられて、一向にありがたくないことで有名になり、東京の親戚などから「大丈夫なんですか、埋もれてしまっていませんか？」とお見舞いの電話をいただいたりした。

母の死んだ年からはや十一年が経ったが、この冬は暖冬少雪の続いた近年では珍しいほどの豪雪となった。

妻と二人で必死に雪を片付けた結果、わが家のさして広くもない庭に、突如二階の庇《ひさし》に届かんばかりの、うず高く積まれた雪の山が出現した。私たちは、それを「田辺家のマッターホルン」と名づけ、ふたりで下から見上げて、

「よくも降ったり、よくぞ積んだり」

と、呆《あき》れ顔でほめたたえた。

年が明けて、雪はようやく小康状態になって落ち着いた。

また今朝も新聞を取りにいく。

コーヒーを啜る。おくやみ欄を見る。

(今日も知った人はいないな……)

そんなことを考えるのは、ずいぶん身勝手なことなのだとはわかっている。福島県内だけでも、毎日これだけたくさんの人たちが亡くなっている。小さな死亡記事の向こう側に、

それぞれの人間たちの厳粛な人生の終わりがあり、彼らの死を取り巻く人々の交々《こもごも》の悲しみや思いに彩られた人生模様が展開されているはずである。しかし、それらの一つ一つを、わが身に関わる出来事として受け止めることは、私には不可能だ。ただ太古の昔から滔々《とうとう》と流れる大河に、一滴、また一滴と命が吸い込まれていくさまを思うばかりである。

社会面に目を移す。

今日も、日本や世界の各地で起きた、交通事故や殺人、テロなどによる多くの突然の死が報じられていた。

平均寿命なんて、単なる統計上の数値にすぎない。誰ひとりとして明日のわが命のことなど、わかりはしないのだ。

あたたかいコーヒーカップをテーブルに置いて、また新聞をめくっていく。冬の新聞の冷えた手ざわりにふと気がつくのは、そんなときである。

堅雪わたり

いま、手元の古いアルバムの写真を眺めている。私の小学校入学式の朝に、たぶん父が撮ってくれたものだ。

田舎の実家を背に、私は同級生となる他の三人の子どもと一緒に並んで、黒いフェルト地の、大きすぎて大黒様のような学帽をアミダに被り、朝の光にまぶしそうに目をしかめている。新入生たちの引率者である私の母の末弟（小学六年生だが一応私の叔父だ）も、いちばん手前で胸を張り、俺が主役だとばかりガキ大将的威厳を見せつけて写っている。

四月初めというのに、まだ雪は二階の屋根の軒先とほぼ同じ高さまであり、縦長に下からあおり気味に撮られた背景の天空は、白黒写真なのに深々とした青い色が感じられる。そんなよく晴れた日の朝が、私の義務教育のスタートだった。

沼澤村立中川小学校——もう、とうの昔に廃校になって今は跡形もないが、河岸段丘上の沖根原《おきねはら》という畑地の真ん中に建った木造総二階校舎の門を、私たちは真新しいランドセルを背負ってくぐったのであった。

当時の全校生徒の数は百五十人ぐらいで、当然一学年一クラスである。私の同級生たちは、いわゆる団塊の世代の最後の年の生まれであり、多少の出入りはあったが卒業時には二十六人がいた。その頃のわが村には幼稚園も保育所もなかったから、生徒同士は小学校入学式の日に初顔合わせとなる者も多かった。ほかにどんな子がいるのだろう、おっかない奴はいないだろうかな。そもそも学校って、いったいどういうところなんだろう？　勉強を教わるところだというぐらいはわかるが、何をどう教わるのか少しも見当がつかず、内気な私は初めのうち毎日こわごわ通ったのである。

担任は、若い女性のチバ先生。少しパーマのかかった髪に、健康そうなホッペをした丸顔で、パッチリした大きな目がキラキラとよく動いた。私たちもピカピカの一年生だが、先生もまた大学を卒業後、初めて教師として第一歩を踏み出したばかりの、ピカピカの一年生であった。

チバ先生は張り切っていた。何と言っても大学を出たてのホヤホヤの新米だから、先生は必死だ。どうしたらこの子たちにしっかり教えることができるだろうかと、大学や実習で学んだことを思い返し悩みつつ、一校時、一校時を真剣勝負に臨むような気持ちで勤めていたにちがいない。

毎朝、先生は教壇からハッキリした大きな声で出席をとる。

「ハセガワ　ケンジくん！」「はい！」

「ホシ　ナミエさん！」「はい」

子どもたちの返事にひとりひとり目を向ける彼女の輝く瞳には、私がこの子たちの未来への歩みを導いてゆくのだという、強い責任感が溢れんばかりに漲《みなぎ》っていた。

チバ先生は私たちを一年生、二年生と持ち上がりで受け持った。二十六名の子どもたちも二年間を一緒に過ごせば、だんだんと一つの大きな家族のような感じになる。先生はその中で一番上の、年の離れたしっかり者のお姉さんという役どころだった。なかなか躾《しつ》けの厳しいお姉さんで、クラスの人たちには必ず「くん」「さん」を付けて名前を呼びなさい、自分のことは、男の子なら「ぼく」、女の子は「わたし」と言いなさいと命じ、違反者にはそのつど注意を怠らなかった。

また、方言はできるだけ学校では使わぬようにして「標準語」を話しなさい、と指導した。すると子どもたちは、どれだけ標準語で話せるかどうかが「できる子」の評価基準だと信じて、みんな懸命に言葉の改革に取り組んだ。もっとも、訛りの方は簡単に矯正するというわけにはいかないから、「奥会津訛りの標準語」になった。イとエ、シとスの発音が、どうしても正しくならない。

「じゃあ、○○さん、つぎ読んでください」

「ハイ。――ワダスは山へエギマスタ」

「○○さん、ワタシは山へイキマシタ。わかりますか？」

「ハイ……。ワタスは、山へ、エキマスタ……」

あちこちに笑い声が起こったが、どの子らも結局似たようなものだから、笑いは直ぐにしぼんで、みんな、次に指されるのが自分でないことを祈った。

チバ先生は大きな目を見開いて、少しも笑わずに、

「発音は大事です。みなさんは将来きっと標準語を使って、正しい発音で話すことになります。だから今のうちに、しっかりと言葉を直しておくのです」

と、きっぱりした表情で言い渡した。

訛りの方は結局誰ひとり完全撲滅までに至らなかったが、おかげで言葉には「正しい日本語」というものが存在し、それを努力してマスターしなければならないということは身にしみて理解した。

先生は奥会津の子どもたちに、小さいうちから「紳士淑女に育てる教育」を施《ほどこ》そうとされたようである。かといってガチガチ縛りつけるような教え方ではなかった。豊かな自然の中でノビノビした子どもに育ってほしい、という願いも強く持っておられた気がする。

あれは二年生の三学期のことだったと思う。

三月に入ればば、雪国といえども季節の上ではもう春である。山里はまだすっぽりと雪に埋もれていたが、それでも陽射しの明るい時間が増え、昼間の気温は少しずつ上昇してく

る。かと思うと、急に冬に引き戻すような天気が訪れて、暫くはいわゆる「三寒四温」の状態が続き、冬と春とが交互に一進一退をする。

この季節、何日か暖かい日が続いて雪がざくざくに融けかけてきた頃合いに、早朝の放射冷却現象で厳しく冷え込む日がある。前日ゆるんだ雪は表面がザラメ砂糖を固めたようにがちがちに再凍結し、子どもが少々力を入れて長靴で踏みつけたぐらいではズボッとぬかったりはしない。こうなると普段は歩けないような田んぼだろうが畑の真ん中だろうが、どこでもスタスタ歩けるようになる。これを「堅雪《かたゆき》わたり」といって、雪国の早春の朝限定の遊びであった。

三月初めのよく晴れた朝、一校時目は体育の時間だった。子どもたちの出席をとり終えた先生は、朗らかな声で宣言した。

「さあ、今日はこれから堅雪わたりをします」

冬場の体育の授業といえば、低学年はせいぜい屋内での「ドッジボール」か「手つなぎ鬼」などばかりで、もういい加減飽きがきていたから、明るい戸外に出て歩くだけという堅雪わたりができるのは、とにかく嬉しかった。

先生を先頭に、みな外套に帽子、手袋、長靴のいでたちで、一団の隊列はざっ、ざっ、ざっ、ざっと雪を踏む足音を立て、校庭をまっすぐに突っ切っていく。そそり立つ白銀の越後山脈に向かって、沖根原の一面の畑地の真ん中を進んでゆくと、空は真っ青に澄みわたり、夜中にうっすらと舞い降りた粉雪の細かな粒子が、キラキラと光を反射してまぶしかった。

畑の所々に植えてある桐の木の梢から、細かい雪片が蝶の白い燐粉のように散りかかってくる。頭のてっぺんの赤いキツツキが、一声「ケケッ！」と叫んで青空を斜めに割《さ》いて飛び去った。木々に群がるシジュウカラやコガラたちは、動きたくてたまらぬ様子で、枝から枝へと囀《さえず》りながら敏捷に翔び回っていた。

「みんな、歌をうたいましょう！」

くるりと先生は子どもたちの方に振り向き、手の指先をタクトにして、そのまま後ろ向きに下がりながら明るい声で歌いだした。

「おててつないで　野道をゆけば　みんなかわい　小鳥になって　歌をうたえば　くつが鳴る　晴れたみ空に　くつが鳴る――」

子どもたちも先生に合わせ、青空に向かって白い息を吐きながら、一斉に元気な歌声を上げた。

ただ雪の上を歩く――それだけのことが、こんなにも楽しいものなのだなあと、あの時みんなが同じく感じていた。雪国の厳しい気候に生まれ育つ子どもにしか味わえない喜びを、チバ先生は私たちに伝えてくれたのである。

おそらく朝一番に清々《すがすが》しく晴れ渡った空を見上げたとき、先生は咄嗟《とっさ》にひらめいたのだ。

そうだ、今日は子どもたちをこの青空のもと、白い雪原で存分に遊ばせてあげよう！

「自然教育」という言葉があるが、今の時代のように、子どもたちが百人以上もでナントカ少年自然の家などに泊まり、お仕着せの体験学習コースで学んだりしても、本物の自然教育が成し得るようには到底思えない。

五十数年前の三月のある晴れた朝、私たちはまさに理想的な、世にも美しい自然教育の授業を受けていたのだった。

豆腐屋へ二里

その日は二〇一一年三月十九日㈯のこと、と手帳に記してある。

震災によって物流が途切れたため、会津地方における日常の変化は、すみやかに訪れた。まずガソリンが無くなった。次いでスーパーの陳列棚からアッという間に物が無くなった。乳製品も野菜も魚も肉も卵もない。納豆が入ってこないのにも参った。朝飯に納豆がなければ、納豆好きの私はひどく困るのである。メシだけで食え、というのか。

なによりも味噌汁に困ったのだった。賽《さい》の目に切った白い豆腐が入らないものは、わが家では味噌汁ではない。なのに、今朝の味噌汁はとうとう具抜きの空汁になってしまった。この際、肉も魚も、いや納豆も我慢しよう。米の飯さえ食えれば当分死にはしない。だが、せめて豆腐の入った一椀の味噌汁が欲しい。そう思うと矢も楯もたまらなくなった。

わが家から西のかた八キロの田園地帯の道傍に、私が日ごろ贔屓《ひいき》にしている豆腐屋がある。ここは会津産の豆だけで作っているから、きっと平常どおりの営業をしているはずだ。ただし店頭売りのみなので、車を飛ばして買いにいくしかないが、ガソリンの残量が心もとなく、豆腐だけ買いにいくのは至極もったいなかった。

そうだ、歩けばいい。よし、歩くしかない。私は意を決した。

時に午前十時。私は冬用の厚手の白いトレーニング・ウェアを着込み、ニット帽を耳まで下ろし、財布と携帯電話を入れたウエスト・バッグを腰に装着して、勇んで表に出た。彼岸の頃だったが、まだ外気は肌寒く、その日は曇っていて少し風もあった。会津盆地をぐるりと取り囲む峰々はまだ春の色はなく、一面の雪に覆われていた。

枯れ一色の田んぼの中の県道沿いを、ひたすらセッセと歩く。いつもの土曜日なら車両の往来が多い道路なのに、とんと姿が見えぬ。たまに付近の農家の軽トラックがのろのろと通り過ぎるぐらいで、不気味なほど静かな光景であった。


豆腐屋はいつものように営業していた。

アア、やっていたんですねえ、と声をかけると、小柄で実直そうな店主は、白装束の私の姿を見て怪訝《けげん》そうな顔をした。

「豆腐が無いんですよ。ガソリンも無いし、ここならばと、市内から歩いてきました」

「ほおー、まちのほうは豆腐が店に出てないんですか。うちはお蔭様で、べつに何の変わりもなくやらしてもらってますがねえ」

妻との二人暮らしなのだが、今度いつ入手できるかわからないので、三丁求めた。店主は、ご苦労様だナシ、と言って一丁おまけしてくれた。わが家が豆腐四丁を期限内に消費するのは容易ではないが、有難く好意を受けて、ビニール袋に入れてもらって出立した。

持ち重りするビニール袋が次第に掌《てのひら》に食い込んでくる。もうずいぶん歩いて脚も疲れた。

いつの間にか正午を過ぎていて、久しぶりで存分に運動したせいか、相当腹が減ってきた。沿道に圃場整備の記念碑があったので、台座の石にドッコイショと腰を下ろして休む。いきなり豆腐が食いたくなった。パック入りの豆腐を取り出して上蓋を破くと、指先をずぶりと突っ込み、わざと行儀悪く手づかみで口に入れた。うまい。去年の秋陽をたっぷり浴びて、ころころと肥え太った健康な豆の味がする。たちまちに一丁を平らげた。

奇妙な気分だった。日常のタガが外れ、こんなことをしている自分を、思い切り声を立てて笑ってやりたくなった。

「はっ、はっ、はっ、はっ、は……」

だが、豆腐腹の声はいささかかすれて力が入らなかった。

道のほとりには、オオイヌノフグリの小さな花がたくさん咲いていた。瑠璃色《るりいろ》のつぶらな瞳をぱっちりと開いて、みんな空を見上げていた。

今年の花

六十の歳を越えれば、一週間は実にすみやかに過ぎる。金曜日になれば、オヤ、もうあしたが土曜日かと思い、先週のことなどは、ほんの数日前のような気がしている。したがって、ひと月が経つのもまったく早く、一年の春夏秋冬の巡ることも、メリーゴーラウンドに乗ってひと回りするほどの時間にも思えてしまうほどである。

四季の風景は、多少心にゆとりをもって日々観察していると、まことにめざましい変化をする。山に斑《まだ》ら雪が残る早春から木の花を追っていけば、黄色い縮れ麺のマンサク、銀の柔毛《にこげ》の猫柳、藪の真っ赤な雪椿、白く涼しげなコブシの花、淡い霞の山桜、健やかな黄金《こがね》色の山吹、炎のごとく朱の鮮やかな山ツツジ、あだな桃色の谷ウツギ……と舞台の上の役者が矢継ぎ早に入れ替わり立ち替わりする心地で眺めているうちに、気がつけばもう皐《さ》月闇《つきやみ》に蛍がゆるく飛び交うころがやってきている。

かように季節は、日々足早に変化していく。わずか一日のあいだでも、たとえば桜の咲きそめる朝と夕方とに、まだ蕾《つぼみ》だったうぶな少女が一気に妖艶な女ざかりに変貌するさまに出合い、心驚かせることもある。この変化の速さが、季節の見どころでもあるだろう。あたらしい四季の姿にあざやかな悦びを感じる一方で、衰え去ってゆく後ろ姿をいとおしむ心もまた、季節への恋情として捨てがたい。それは殊に晩春のころに著《しる》けく感じられる。

桜の花が華やかな染井吉野からこんもりした八重桜に移り、春もほっと一息をつくと、やがて里わの山藤が喬木にうす紫の簾《すだれ》を懸けはじめる時分に、暑からず寒からずの気候ながら、はて、何をしても物憂いような、妙な力無さを覚えることがある。それは不快な気分というより、むしろ安逸な日々に身を委ねた後の、心地よい疲労感のような平安である。穏やかな春が永遠に続いてほしいと願う心が、厳しい冬を越えてきた我らの無意識に潜んでいて、それは思いのほか長く叶えられながらも、やはり季節は夏へと移ろってしまうということへの惜別の情である。

今年の会津の春は、いつになく長く感じられるものだった。高い山の雪解けが遅かったわりには、里には春が一散に駆け込んできて、そのままゆるゆると居坐る態であった。郭《かっ》公《こう》の啼き出す時期が遅く、藤の花房が五月の末になってもまだ垂れ下がって、春の名残を留めていた。

しかしながら、今年の春は楽しまずに過ぎた。

美しいはずの春の景色はいつもの年のように眼前に在る。だが、それらは少しも私の心を浮き立たせなかった。

大震災でたくさんの人たちがむごい目に遭ったこと、被害の復旧と原子力発電所の事故に捗々《はかばか》しい収束が見通せないこと、そしてそれらに自分が全く無力であるとの思いとが相《あい》俟《ま》って脳裏から少しも離れない。美しいものに相対する時、心は無心に閑《しず》まって在るはずなのに、今は薄墨色の紗《しゃ》を透かして景色を観るような暗いもどかしさに覆われている。

世阿弥の『風姿花伝』に、

「いずれの花か散らで残るべき、散る故によりて、咲く頃あれば珍しきなり」

とある。

能の奥儀とともに、日本人が四季をめでる心の真髄を衝く言葉でもある。四季を味わう喜びとは、一つひとつの季節の死が、ひとめぐり地球を廻って再び生まれ来るという、生命の再生に出会う驚きに他ならないだろう。人はひとたび死ねば永久《とわ》に咲くことはないが、四季の自然は三百六十五日をかけて甦る。

いま、大震災のせいで私たちの目の前から美しい春が何処かに隠れた。しかし、それはけっして永遠に消えたのではあるまい。硬くこわばった人の心もやがてほぐれ、必ずや花々が見事に咲き甦る日がくるにちがいない。

いまふたたびの珍しき花に逢いたい——その祈りの思いが、このごろ殊のほか強い。

II

梅と十円禿

㈠

もうずいぶんと古い話だ。

昭和四十三年に、私は最初の年の大学受験を失敗し、東京で浪人生活を送っていた。千葉の幕張にあったバラック建ての予備校寮から、朝早く一時間以上もかけ、電車で水道橋の予備校まで通った。寮の部屋の仕切りは薄いベニヤ板一枚で、隣の学生が仲間たちと夜中まで騒ぐ音がこちらに筒抜けで、ちっとも眠れない。幾度か隣に苦情を申し入れると、長髪でニキビ面の男が出てきて（なんだ、こいつ……）と馬鹿にした顔つきで、鼻先でせせら笑うばかりだった。私が憮然として部屋に戻ると、とたんに隣からドッと嘲笑の声が上がった。元来神経の細い私は、こうした睡眠不足と都会の無機質な喧騒に当てられて、心身ともすっかりまいってしまった。

予備校ではしょっちゅうトイレにいきたくなるが、水のような便しか出ない。いわゆる神経性下痢で、たちまち痩せこけてきて、目の周りに蒼黒いクマを浮かべた幽鬼のような形相になっていった。これでは入試まで到底もたないと思い、数カ月で逃げ出すようにその寮から引っ越して、まだ往来をガアガアと音を立てて都電が走っていた大塚三丁目にある古い二階家のアパートに移ることにした。

ギシギシする階段を上がって、廊下の一番奥の北向きの薄暗い四畳間が私の部屋だった。そこは畳二枚ずつを縦に並べた鰻の寝床のような細長い間取りになっていて、なぜかこの部屋だけ廊下から二十センチほど一段高くなっていた。眼を上げると、部屋の天井の隅にピンク色の透明な照明灯が二本取り付けてあった。さてはこの家は昔の遊郭かなんかで、私の部屋はその舞台の部分だったのだろうと考えた。ここに薄い肌襦袢《はだじゅばん》一枚の女が、しなだれたポーズで身を横たえながら、客にあやしげなショーでも見せた名残かとも想像した。

隣の部屋とは、さすがにベニヤ板一枚ではなかったが、厚手の合板だけの板仕切りのために、おならをするのも小出しにしないと音が洩れそうで気を遣った。いくら昭和四十三年当時でも四畳間で月四千円はいかにも安かったが、それが十分納得できるわびしい住まいであった。

アパートの二階には廊下をはさんで他に三部屋があり、近くにあるお茶ノ水女子大に通う学生がそれぞれ一人ずつ住んでいた。つまり私以外は若い女性ばかりだった。

隣の住人は若狭さんといって、部屋の中でいつも眠そうな声でぶつぶつと独り言を話していることがよくあった。とにかく朝寝坊で、いつだったか私が授業がない日の昼近くになって、突然バタンと乱暴にドアを開ける音がして、

「ああーっ、また試験におくれちゃったわぁー……」

と投げやりな声をあげながらドタドタと階段を下りていった。そんな人だったから滅多に顔を合わせることもなかったが、初めて越してきて挨拶した折に会った若狭さんは、化粧の濃い、けだるく無表情な感じで、一見どうしても女子大生には見えなかった。

その奥の部屋のひとは、たしか黒田さんという名前だった。彼女の部屋からは、よく女友達が訪れて、にぎやかに話したり笑ったりする声が聞こえた。元気のよさそうな丸顔に大き目の黒ぶち眼鏡をかけていた。

廊下を挟んで西側の部屋には、高橋さんという、髪が長く背の高いほっそりした美人が住んでいた。私が階下の洗面所で、ブリキのタライに洗濯板を立ててごしごしと洗い物をしていると、いつもきまって声をかけてくれるのが彼女だった。

「田辺さんは、どちらの出身なの？」

「あ、ハイ……福島の会津なんです」

「あら、じゃ私と同じ雪国育ちなのね」

そんな話から、彼女が秋田の横手の生まれであることもわかった。色白の小おもてで、長い睫毛《まつげ》をした、細く透き通る声のひとだった。あたかも後年松本零士《れいじ》が描いた『銀河鉄

道999』の美女メーテルのような雰囲気を漂わせていた。

私はさしずめメーテルを慕う主人公の星野鉄郎という役回りなのだが、それにしては風体があまりにみすぼらしかった。現実の私はまぎれもなく、ランニングとサルマタ一丁で、群生する正体不明の茸サルマタケに囲まれながら不潔な下宿暮らしをする、同じ作者の『男おいどん』というマンガの主人公・大山昇太《おおやまのぼった》の境遇の方に限りなく近かった。貧しい私は衣料品を購入する資金に乏しく、同じ服、同じ下着を何日でも着続けた。サルマタケこそ生えなかったが、時々クンクンと衣類の臭いを嗅いでは着替え時期を判断するありさまだった。おかげでインキンタムシにはずいぶんと悩まされた（インキンタムシが男のどの部位をどう悩ませ、その対策にどれほど難儀したかは割愛する。あえて記せば、当時の一般的な治療薬「キンカン」を罹患部に塗った五秒後に湧き起こる痛みは、知る人ぞ知る激烈なものであった）。

彼女たちと私との関わり合いは、せいぜい挨拶を交わす程度でしかなかった気がする。もしこちらがしがない浪人生でなかったなら、もう少し付きあい方も違っただろうが、私にしてみれば、それ以上の交際などは今の自分の身には不相応なことだという思いが強く、ことさらストイックに接していたのかもしれない。

それでも付きあいが全くなかったわけではない。

冷房などない時代の、気が滅入るほどの東京の暑さもようやく峠を越し、少し秋めいた風が私の部屋の北向きの小さな窓からも洩れ入るようになったころだった。夕食を終えて机に向かっていると、ドアをこんこんと叩く音がする。ハイ、と答えてドアを開けた。

「こんばんわ、田辺さん」

黒田さんと高橋さんが並んで立っていた。

「あのね、今日ふたりで只券もらったから相撲見物に行ってきたのよ。そしたらお土産こんなにいっぱいもらっちゃったの。少しあげるから食べてね」

黒田さんが黒ぶち眼鏡の中の目をくりくり動かしながら言ってそこにしゃがむと、持っていた大きな紙袋からいろんな食べ物を取り出しはじめた。力士の形をした、やたらと分厚いチョコレートや、焼き鳥、せんべいやら何やらがいっぱいでてきた。私の部屋の入り口には、縁日の夜店のように品物が並べられた。

「好きなもの、どうぞ取ってください」

立っている高橋さんが、恥ずかしそうな笑みを浮かべながら細い声で言った。

私はお相撲さんの形をした大きなチョコレートの、ふくらんだ腹のあたりを黒田さんにポキリと二つに折ってもらって下半身を頂戴した。そのほかにも色々といただいたのだったが、どんなものであったか、もう覚えてはいない。

その夜、私は分厚いチョコレートをぽりぽりかじりながら故郷のことを想った。

奥会津の田舎に住む母は、何カ月かおきに私へ季節の果物や缶詰、お菓子などをゴチャゴチャと入れた段ボール箱の小包を送ってよこしてくれていた。それにはいつも手紙が添えてあって、お定まりの「変わりなく過ごしていますか。風邪など引いてはいませんか」といった文句とともに、故郷の季節の風景や色んな出来事などが記してあった。

そうだ、もう我が家の庭の草むらから、すいっちょが涼しい音色を響かせているころだ。透きとおった月の光に照らされて、ススキの穂波が艶やかな銀ネズ色に輝いている光景が眼に浮かんだ。

(二)

秋もさらに深まったころ、世の中が騒然としてきた。

全共闘による大学紛争が激しさを増し、東大をはじめ各大学では、学生側の実力行使による運動が燎原の火のごとく広がっていった。私の予備校のあった水道橋近くには、N大学の経済学部のキャンパスがあり、しばしばヘルメットを被った学生たちが大勢でデモの隊列を組み、勇ましくシュプレヒコール（デモなどで一斉にスローガンを唱和すること）の声を上げてジグザグ行進をした。私は大学に入るために受験勉強をしている予備校生の自分が、何だか彼らから除け者《の》扱いされている気がして苛立ちと不安を感じた。

予備校での私の成績は一時期かなり伸びたのだが、その後頭打ちになった。今考えると、慣れない都会での貧しい一人暮らしの生活で徐々に体力が落ち、気力も相当衰えてきていたのだろう。予備校での授業にまったく身が入らなくなり、アパートの一室に終日こもりきりで鬱々として過ごす日々が多くなった。

隣の若狭さんは、相変わらず昼近くになってからゴソゴソと動き出す。どうやら彼女は夜のアルバイトのせいで朝がまったく起きられないようであった。大学に何とか入ろうと苦しんでいる私からしてみれば、若狭さんのようなことでは一体何のために大学に入ったのかわからないいんじゃないかと、他人事ながら情けなく思った。


私の部屋の北側は、隣家との間が狭い植え込みになっていた。

わずか五坪ほどの敷地の中に不相応に立派な梅の古木が枝を張っており、黒い木肌に緑の苔がむらに生えた古色蒼然としたたたずまいは、尾形光琳の『紅白梅図屏風』を髣髴とさせる風格があった。

この梅の木に毎朝、ウグイスならぬ雀がやってくる。窓からそっとのぞくと、煤煙の中をくぐってきたような薄汚れてむくんだ二、三羽が、ひそひそおしゃべりするように、遠慮がちにチュンチュンやっていた。雀にも友達があるのだろう。それとも親子か兄弟姉妹かもしれない。誰一人そんな話し相手のない私は、その汚い雀たちが羨ましかった。

年の暮れになっても、一向に成績が上がらなかった私は、とても正月を実家で過ごそうという気にはなれず、同宿の人たちが帰郷して誰もいなくなったアパートで、ろくに勉強もせぬまま雀たちといっしょに年を越した。

明けてすぐ、東大安田講堂事件などの激しい大学紛争があって、あげくいくつかの大学の入学試験中止のニュースが流れた。私の志望大学もその一つだった。予備校の模擬テストの私の成績は、平常の年ならほぼ合格圏内のはずだった。

ずっと教師になりたいと願っていた私にとって、その大学に入ることはどうしても必要なプロセスだった。しかし、なんともいたし方がない。やむなく志望先を変えるほかなかったが、(いったい何のために浪人していたのだろう……)と気持ちがふさいで、ますます気力が萎えてしまった。

高橋さんがアパートから越していったのも、ちょうどそのころだった。彼女はいまよりもう少しましなアパートをさがして出ていったのだろう。

移っていったすぐあとに、私は高橋さんの部屋をこっそりのぞいてみたことがある。

西向きの四畳半には、彼女のものは何一つ残されていなかった。ただ窓には淡い水色のカーテンがかかっていて、それは夏の時分に開け放された彼女の部屋に、はたはたと風に揺れていたのを見かけたものだった。雪国育ちの彼女の、肌が白く睫毛の長い、やさしげな横顔が眼に浮かんだ。もう二度と会うことはないひとだろう。私はとても惜しいものを失くした気持ちで、悄然と肩を落とした。

このあとも体調は一向に戻らなかった。相変わらず下痢が続いていたし、目の周りのクマはますます深くなり、頬はげっそりとこけて、ムンクの『叫び』そっくりの姿になった。

そんなある夜のことだった。インスタントラーメンだけの貧しい夕食を終えたあとに、何気なく頭の後ろに手をやると、指先が毛の生えていない地肌に触れた気がした。あっ、と思った。あわててもう一度指の腹でまさぐると、左後頭部の十円玉ぐらいの大きさに、蛇の皮膚のようなヌメッとした感触がある。

（これがいわゆる円形性脱毛症というやつか……）

禿げている周りの毛を恐るおそるひっぱると、四、五本が指に絡《から》まって抜けてきた。胸がすうーっと冷えて、部屋の明かりが暗く翳った。しばらくは息をするのも忘れ、抜け毛をじいっと見つめていた。

このままどんどん抜け続けて、病い犬のように斑《まだら》禿げになった自分の頭が想像された。もう志望大学には入れない。もしかしてどこの大学にも入れないかもしれない。自分は、いったいどうなってしまうのだろう。一生斑禿げの負け犬になって流離《さすら》う蒼白い自分の姿が、背後から覆い被さるように貼りついてきた。気力が抜け、髪の毛までも抜けてしまった自分が、どうしようもないみじめな存在に感じられ、この先、明るい日なたの人生に出てゆけるとはとても思えなかった。

二月終わりのある朝、目覚めると雪が降っていた。隣家の瓦屋根にも梅の古木にもうっすらと白く積もっていた。東京にもやはり雪は降るのだと思った。

夕方に窓を開けると、日はとっぷりと暮れて、隣家の屋根が黒く見えた。雪はもうあっけなく消えてしまったようで、かすかに花の香りがした。今朝は雪で気づかなかったが、暗がりのなかにぽつぽつと梅の白い花が見えた。桜の花のように甘くはなく、ほんのりとした清香ともいうべき品のある匂いがする。

東京にも、どうやら春が来たのだ。

私はふと、高校時代に覚えた歌を口ずさんでいた。それは古いシャンソンに日本の歌詞をつけたもので、たしかこんな詞だった。

日蔭にも花は咲く　赤く燃えて
裏町の空だとて　晴れた日にゃ青いのさ
けがれ果てたこの身だとて　若い日もあるのさ
時にゃまことの恋に　泣けてしまうのさ

低く歌っているうちに涙があふれだして止まらなくなった。途中からしゃくり上げて両手で顔を覆うと、もうあとが歌えなかった。

梅の花が散り、東京の桜がほころびかけたころ、私はどうにかある大学にもぐり込んだ。程なく大塚の住まいを引き払い、豊島区東長崎にあった鎌田さんというお婆さんの古い下宿屋の六畳間に移り住むことになった。

私の十円禿は一時、五百円玉二枚分の千円禿ぐらいまで拡大したが、それから三カ月ほどたった時分に、ようやく少しずつうぶ毛が生えはじめていた。

春告げ鳥

雪国の春は、小鳥の声とともに淀みなく移ろっていく。

まだ春浅い雪景色の中で、シジュウカラが枯枝をきびきび飛び回って「Spring! Spring!」と囀《さえず》り、やがてウグイスが稚《おさ》ない節回しで「法、法華経」と谷間に鳴き出すころに、峰の高みのブナ林はおもむろに深く息を吸い込んで、いっせいに鮮やかな緑を吹き出した。

私の実家の裏には、幹回り三メートルはあろうかという欅《けやき》の古木が、只見川の水面に大きく枝を拡げ、四月の末から五月の初めにかけて、うるわしい若葉を芽吹かせた。背景の山なみの樹々の葉との濃淡のコントラストは、秋とは別趣の紅葉を観るようで、亡き母が毎年楽しみにしていた風景であった。晩年の母にとって、この欅は喜びにつけ悲しみにつけ、己が胸の思いを託す、物言わぬ友の存在であったようである。

母は、父が六十歳を区切りに早々と工務店をたたんで以来、ともに奥会津の村で仲良く暮らしていた。若いころから短歌に親しみ、四季折々の心情を三十一文字に綴ることで、自分の心にぴんと糸を張りながら生きていた。人前では明るく朗らかに振る舞おうとする人だったが、心の糸はいつも震えやすく、歌はやや翳りを帯びて、小さく溜息を洩らすような繊細なものが多かった。

たまに私が実家に帰ると、母は出来たばかりの短歌の原稿を持ち出してきて見せた。直してくれ、というつもりではなく、自分なりにまずまずと思うものを、息子に多少ほめてほしかったにちがいない。しかし母の期待に反して、私はしばしばその歌にケチをつけた。

「ウーン、悪くはないけどリズムがいまいちだなあ。なんでかあちゃんの歌は、いつも安易に字余りにするのかなあ。ここのとこ『杜鵑《ほととぎす》梢に』だと、二字もオーバーだよ。えっ、ホトトギスじゃなくてトケンって読ませるの？　それ、ふつう無理だよ」

「この欅を歌ったのは、前にも似たようなのがあったよ。そもそも風景を写しとるだけじゃ面白くないな、人間がそこにいないと。何かこう静かすぎて平凡な感じだなあ」

母は、私の口から出まかせの無責任な批評を、至極不当なり、と思って聞いていたことだろう。だが私の嫌みな批評に対し、その場でさほど抵抗することはなかった。そのかわり私の言を受け入れて歌を直すことも、まずやらなかった。確固たるものがあったのだ。

平成五年に父がガンで亡くなると、母は田舎で独りきりの生活になった。

冬だけでも会津若松市の私のところに来ては、と言おうと思ったが、結局はっきりと言い出せなかった。母はきっと、父の位牌の収まった古い仏壇や親しい村の人たち、そして欅の木と離れるのが辛いというにちがいない、そんな思いが私の言葉を押し止めた。

そうして何年かが過ぎるうちに、平成十二年三月一日、母は家裏で雪かきをしている最中に、約二十メートル下の只見川に転落し不帰の人となった。七十六歳だった。

死から八年を経て、私はようやく千七百首を超える母の遺歌集を単行本として上梓することにした。在りし日にあまり心を入れて読んだことのなかった母の歌は、その時いつの間にか全てが、亡き人のいまはのきわの絶唱に変わっていた。

充たされぬ思いに冷えて床に就くかくして過ぎし日の幾度か
鳥は自在に天空高く舞ひゆきぬ呻吟のわれを雪に残して
いつかは終わる生にてあらむ澄む川にすぢなす紅葉流るともなし
昨日よりも欅のうれの赤らめり樹は人よりも若く生きゆく
春彼岸すぎてを小雪舞うまひるなごりはいずれ儚かるべし
苔匂ふ土蔵の裏の草を抜くわが亡きのちを思いながらに

ひとつひとつの歌に灯がともり、私の心を照らした。母の思いが、いくつもの尖った針先のように、私の胸にぷつりぷつりと刺さって深く食い込んできた。

そうか、こういう歌であったのか――。

あらためて母の歌に籠められたものの深さを知った。私は親不孝者だった。母の思いをちっともまともに受け止めてやらなかった。慙愧《ざんき》の念が総身《そうみ》を走り、歌を読み続けるうちにいたたまれなくなっていった。


父が死んで母が独り暮らしになったばかりのころに、実家に母と二人だけで夜を過ごしたことがある。おおかた空き家ばかりになった家の周りは、しんと静まりかえって、過疎の村の寂しさは雪解けの季節を迎えても消えなかった。

夕餉《ゆうげ》のあと、母は野良着の繕い物をしていた。一区切りになると、針を針刺しに置き、ひざの上に縫い物を畳みながら、

「賢行、何か飲むか？」と尋ねた。

「いや、もう遅いからお茶はいいよ」と、読んでいた本から目を離して答えると、母はニコリと笑みを浮かべた。

「うまい酒、あんだ」と言って、よいしょと立ち上がり、茶の間の方に行くと、仏壇の下から何か引っ張り出してきた。上等の箱に入った到来ものの日本酒だった。

「おう、吟醸酒だな、これは」

私は早速、戸棚から小ぶりなぐい呑みを取り出すと酒瓶の口を切った。母はめったに酒

を口にしない。それでも少し注いでやると、ちびりちびりと舐めるように飲んだ。

私は多少嗜む。

ふたりは黙々として吟醸酒を味わった。


「あ、ふくろう鳴いてんな」と母がつぶやいた。

私は気づかなかったので、本当か、と聞き返した。

「そこの戸、あけてみろ」と母が言う。

只見川に面した重いサッシ戸をそろそろと引きあけると、早春の冷気は吸い込まれるように部屋の中に入ってきた。

「向かいの山で鳴いてんだべ。よーく聴いてみ」

母の言うように耳を澄ませていると、やがて、ゴロスケ、ホーフー、間をおいて、ゴロスケ、ホーフー、と少しくぐもった声で確かに鳴いている。

向こう岸は真っ暗な闇である。あの闇の奥で、梟は金色の目をきろきろと光らせながら、ひとり鳴いているのだ。

幼いころ聞いた、亡き祖母の寝物語が想い出された。

「ふくろうは、てれすこ、ほう、ほう、泣ぐもの喰うぞーっ、て鳴ぐだぞ。したがら、あんまり泣いでばっかりいっと、ふくろうがでてきて喰われてしもうぞ」

梟は子どもにとっては、たいそう不気味な怖い存在であった。

戸を開けたまま、母と私はしばし闇の奥をみつめて耳を澄ましていた。

早春の宵、母とふたりで聴く梟の声は、怖いものではもうなかった。ただ、さびしかった。闇の中でひとり暮らす生き物の孤独が、しんみりと感じられた。

「ふくろうが鳴くと、春になんだよ」

母がぽつりと言った。

なんだか寂しい春がくるようであった。


——あれからもう十五年の月日が経つ。

母の遺稿を編んでいる折に、梟を詠んだ歌の幾つかに出会った。

　頬冷えしめざめにきこゆ対岸のふくろふ鳴くは春の言触れ
　梟鳴けば雪のをさまる譬へとていにしへびとも春を待ちしか

母にとっての春告げ鳥は、ほがらかに囀るシジュウカラやウグイスではなく、夜のしじまにひとり鳴くフクロウであったらしい。

はるねこ

奥会津地方に、鼠を捕るために猫を飼う家が多かったころである。

まだ雪深い節分あたりから、さかりのついた猫たちは、夜ごとに家の縁の下で、

「おわーお、おわーお」

と合唱を始めた。かれらを「春猫」と呼ぶ。

春猫たちは、まずは双方存分に名乗りあったのち、突如いっぽうが物凄い剣幕の叫び声をあげて相手に襲いかかる。じっと聞いている私が一瞬ドキンとすると、とたんにシーンと静かになる。おや、どうしたのかしらと思って耳を立てていると、しばらく時を経て、おもむろに歯をくいしばりながら鼻の穴から息を少しずつ抜いていくような低く長いうめき声が洩れてくる——。

小学校高学年だった私は枕に耳を当てたまま、蒲団の中で体を硬くして固唾《かたず》を呑んでいた。春猫の一匹は、日ごろ可愛がっているわが家の三毛の牝猫である。

名前をキツといった。小柄だが長い尾とスラリとした肢体をもち、目鼻立ちが品よく

整った美猫で、「チャッ、チャッ」と舌を鳴らして呼ぶと、「みゃー」と甘えた声を出して、私の顔を見上げながら身体を擦り付けてきた。私はこのキツにぞっこんだった。

　時節になると、このキツをねらって近所の牡猫どもが入れかわり立ちかわり押しかけてきた。かれらはキツを生殖行為の対象として、おのれの欲望を遂げるためだけにやってくるのだということを、私は誰に教わるでもなく理解したものらしい。昼間に家の周りを物欲しそうにうろつきまわる彼らは、どいつもこいつもふてぶてしい悪党づらをした、可愛さの微塵《みじん》もないドラ猫ばかりだった。

（こんな奴らにうちのキツが……）

　私は心底、彼らを憎んだ。棒切れを振りかざし、雪の中をムキになって追いかけまわしたこともあった。たとい相手が猫であっても、愛する者を掠《かす》め取られているという嫉妬の思いはむらむらと燃えたぎっていたのである。

　しかし、無理やり犯されたはずと思ったキツに、やがて月満ちてこどもができ、生まれたばかりの小さな子猫たちの濡れた体を、実に愛しそうにペロペロと舐めあげている母猫の姿をみると、メスとオスの世界の不可思議さに、私は首をひねるばかりだった。

　そんな或る晩、夜半《よわ》に目覚めた私は、妙に重苦しい尿意を感じて便所に立った。おしっこを絞り出そうとするのだが、下腹部が熱く突っ張って、一向に出てこない。これは変だと気づくと、呼吸がハアハアと少しずつ荒くなっていった。便器の前で立っているのがやっとだった。自分の身に何事が起きているのか、もう頭がくらくらして火のように熱い。これはいったい何だ、どうしたことだ……。

その直後、私は初めて自分の男のしるしがたまらず迸《ほとばし》るのを見たのだった。

思春期にさしかかったわが幼い内なるエロスは、幾分かは春猫を酵母としてふつふつと醸されていたのかもしれない。

闇の中に歌い上げる春猫たちの妖しい恋のアリアに誘《いざな》われて、地中の蛹《さなぎ》が柔らかい殻を破って萌え出るように、夜ごとに春猫の声を聴く少年の肉体からは、じっとりとエロスの汗が滲みだしていたのだったろう。

ひとを恋するという思いを私が知りそめたのも、たしかこの頃のことであった。

スプリング・エフェメラル　〜春の妖精たち〜

コネコネ花

「スプリング・エフェメラル」という、美しい呼び名がある。ギリシャ語の「エフェメラ」とは昆虫のカゲロウのこと。か弱く儚《はかな》い生き物の象徴のような存在であることから、スプリング・エフェメラルは「春の儚い命」たちの総称として用いられる。

春先だけに見られる花や蝶、たとえばキンポウゲ科のイチリンソウ属や、ケシ科のエンゴサク、ケマン類、ユリ科のカタクリやショウジョウバカマ等、それにアゲハチョウの仲間のギフチョウ類などは、その代表的なものだろう。

幼いころ、わが家の裏手にある只見川に沿った崖の急な斜面には、雪が解けるとまずいちばんに、キクザキイチゲがあえかな白い花を咲かせた。村人たちはこの花を「コネコネ花」とよんだ。由来はいまだ知らないが、待ちかねた春にようやく出会えた村人の、なつかしげな気持ちが匂うような名前である。

花にせよ蝶にせよ、スプリング・エフェメラルたちは春のあたたかい陽ざしを浴びることで、氷が融けるように活動を開始する。コネコネ花も、気温が低い午前中や曇りの時間には、花弁をすぼめてじっとしているが、晴れ間がのぞく日中になると、ニコニコしながら白い小さなパラソルをひろげ、細い身体いっぱいに光を受けとめようと、ぴんと背すじを伸ばしている。

夕方になってから崖の下を覗きこんでみると、淡い西陽のかげで、コネコネ花はもう命を使い果たしたかのように、くったりとうな垂れていた。

子どもごころにも、弱々しい、儚げな花なのだなと思った。

キクザキイチゲには青みをおびたうす紫色の花をつけるものがあって、ほの暗い杉林の木陰などの日当たりのあまりよくない場所に生えるものほど、紫の色合いは濃くなるようである。よく似た種類にアズマイチゲがあり、同じ場所に生えていても、ちょっと見には判りにくいが、葉の切れ込みが浅いほうがアズマイチゲだ。

こうしたキンポウゲ科の植物にはスプリング・エフェメラルの類いが多い。

ほかにもイチリンソウやニリンソウ、それから春最も早く咲くフクジュソウなども同じキンポウゲ科の仲間である。群生して咲くものが多いが、ひとつひとつの花をよく見ると、一人ぽつんと寂しげで、どことはなしに「群衆の中の孤独」といった風情を漂わせていた。

カタクリ

早春の山を歩いていると、日当たりのよい斜面などで見事なカタクリの群落に出会うことがある。まるで春の光の中から、プリズムを通して紫の色だけを選《え》って散りばめたような、一面のまぶしい輝きだ。

白い清楚なキクザキイチゲと隣り合わせに群れ咲いていることもあり、初々しいセーラー服の乙女たちと、美しく成熟した若い女性たちの集団とをいちどきに見るようで、まことに眼福である。

早春に咲く花の中でも、カタクリほどあでやかな色と姿態を具えたものは他に思い浮かばない。その華やかさは、まさにスプリング・エフェメラルの女王の名を冠するにふさわしい。

スプリング・エフェメラルの花々は、もっぱら昆虫たちによって受粉する虫媒花である。まだ気温の低い春先では虫たちもそう数多く飛んではおらず、花たちは細身のからだに精いっぱい目立つ花弁をつけて、虫たちの気を引こうとする。彼女らは短い春の間にできるだけ生殖を終えてしまおうと、それぞれに美しい装いでマルハナバチやギフチョウたちにささやきかける。

「ここよ、ここよ、わたしの蜜は甘いわよ！」

なかでもカタクリの魅力は群を抜いている。いかなる虫も彼女の誘惑には抗し難いことだろう。一陣の春風が吹けば、小さなユリに似た繊細な紫の花たちは、いっせいに（おいでおいで）をして虫たちをさし招く。そしてチョウであれハチであれ、来る者は拒まず受け入れて艶やかな花弁の中に包み込む。まさしく、カタクリの一つ一つの花には小さなエロスの女神たちが宿っていた。

そのカタクリも、花の命は短い。

つぼみを開いて四、五日ほども経つと、もう花弁は疲れたように萎れかけてくる。大柄な葉のアズキ色をした毒々しいまだら模様が目についてきて、いかにも容色衰えた美女の末期《まつご》の風情となる。ちなみに、カタクリの花言葉は「初恋」と「嫉妬」だそうで、あたかもひとりの女の盛衰を物語っているかのようだ。

外国でもカタクリはスプリング・エフェメラルとして遇されているが、英名は"dog tooth violet（犬の歯のスミレ）"となっている。スミレに似ているといえば、なるほどそうも見えなくはないけれど、それに「犬の歯」を冠するとは、この愛すべき花に対してあまりに味気のない仕業《しわざ》だろう。

わが国の古人は「かたかご」とよんだ。「堅香子」と当てるが、もとは「傾籠」の意らしく、ややうつむき加減に反り返っている花弁が、あたかも籠を傾けたようだと見立てたのである。こちらはいかにも風流で、名付けた古人のやさしい心根が偲ばれる。

もののふの八十をとめらが汲みまがふ寺井の上の堅香子の花　　大伴家持

ギフチョウ

会津と越後の国ざかいにある峠を越えてみようと、私は四月半ば過ぎの明るい山路をゆっくりと登っていた。

まぶしい雪に覆われた飯豊連峰や越後山脈を遠景に、峠のコブシの木々が一斉に白い花弁を広げている。輝く雪のつめたい白と、コブシの花のほんの僅か黄味を帯びたふっくらした白とのコントラストが美しい。

ほろほろと肩口に散りかかるものがある。目を上げると、小ぶりなオクチョウジザクラが路の上に枝をさしかけていて、風もないのに花びらがこぼれ、かすかに花の匂いがする。立ち止まって一息ついていると、花に誘われたハナアブがやってきた。ブーンという羽音が耳をくすぐる。目を閉じれば、うっとりと眠くなるような山中の真昼どきである。

むかしの春のことを想った。

まだ幼かったころ、春は欠伸《あくび》がでるほど実にのどかな時間がたゆたっていた。子どもたちは大人たちに家路を急《せ》かされるまで、日がな一日、かくれんぼやカンけりをして遊び暮らした。四季のゆるやかな移ろいの中に村人の生活があり、子どもたちは季節の時間をたっぷりと呼吸しながら育っていった。時を支配していたのは人間たちではなく、常に自然の悠々たる営みであった。

それが今は、春は砂時計の砂がこぼれ落ちるように、目に見えてあわただしい。毎日が締め切りに追われることの連続である。手帳を開けば、どの日にも会議や打ち合わせ、イベントやらの日程がぎっしりと詰め込まれ、あたかも自分が到着駅のない時刻表に従って、スケジュールを黙々と踏み越えているだけであるような思いが胸をよぎる。

いったい何のために、私はこうして急がなければならないのだろう。

しょせん人生は胡蝶の夢なのだから、いっそ「一期《いちご》は夢よ、ただ狂へ」と、世間を忘れて思い切り好き勝手に羽ばたいてみようかと考えてみたりもする。だが現実の自分は、今日の帰りの列車時間を心配してみたり、明日の仕事の気がかりが鳥の影のように頭を掠めるばかりで、濁世《じょくせ》にどっぷり浸かった生身の人間から、ちっとも逃れることができない。

今春看々《みすみす》又過ぐ
何れの日にか是れ帰年ならん

そう杜甫が嘆いた古《いにし》えの時にもまして、こんにちのわれらが春は、ひたすら気ぜわしく足早に過ぎるばかりだ。気がかりなことは数えあげるときりがなく、世間の諸事は手早く片づけようにも、苛々《いらいら》と思うにまかせぬことだらけである。今日を生きるためにあくせくし、明日の自分が少しでも心安らかに過ごせますようにと、なおさらに今日をあくせく苦闘する。安心を得んがために心乱す——そんな皮肉な日常を繰り返すばかりだ。

　そうやって辛苦しながら日々をしのぐうちに、われらはいつの日か、人生の残りがもう随分と少なくなっていることに愕然として、黄昏《たそがれ》の残照の中に佇みながら、この世の生の短さを嘆くことになってしまうのだろう。


　越後側へと下る途中で、ひらひらと黄色いものが舞い降りてきた。

　春の女神といわれる美しいギフチョウである。蝶はしばらく私が行く路を案内するかのように、先へ先へと翔んでいく。すると何処からか、もう一匹が誘われるように寄り添ってきて、目の前で付いたり離れたりしてじゃれあっている。

　ああ、じつに仲がいいことだ。人間の若い恋人たちが、夢中になって戯れているのを見るかのようで、なんとも微笑ましい。

　ギフチョウのつがいは私の存在などとんと気にする様子もなく、やがて頭上をくるくると旋回したかと見る間に、舞いもつれながら緑浅い谷間の奥へと去っていった。

春の香水

　年をとって、鼻がにぶくなってきたせいもあるのだろうが、このごろは街を歩いても一向に匂いを感じない。嗅覚異常という症状だろうか、イヤな臭いもしないかわりに、困ったことに美味しいものや四季の花々などのいい匂いもとんと薄れてしまった。

　一昔前までは、よそのお宅に伺うと、その家独特の匂い（ときに臭い）があって、ああ、これが○○さんの家庭のにおいだ、と慕わしく感じたものである。近ごろ世間では、飼っている動物の臭いも、老人の加齢臭もオヤジの脂ぎった臭いも、ついでに奥様方の化粧品の甘ったるい匂いも一緒くたに「ファブリーズしましょ！」とかいって、みんなシューッと片っ端から消されてしまう。私の鼻が利かないのも、あながち機能が低下したせいばかりではあるまいと思う。

　微香程度はよろしいが、すべて存在感の目立つニオイはいけない、とくに「臭い」はゼロであるべきであるという「微香・無臭文化」の時代にわが国が入ったのは、一体いつのころからだったろう。現代の日本社会では、臭いは直ちに憎むべき「悪」の烙印を押されて、ノミや南京虫のごとく根絶すべき対象になってしまった感があるが、どうも消臭剤を売り出す薬品会社の巧妙な戦略に乗せられている気もする。はたしてこの状況は正常な文化の姿とみてよいのだろうか。

幼いころ私が育った田舎には、それぞれの季節のにおいがあった。それらは大地そのものの発するにおいだったり、野山の草木や風のにおいだった。冬には雪のにおいがした。もちろん、七輪で炙《あぶ》ったサンマの煙のような、村人たちの生活から流れ出る懐かしいにおいもあった。

雪が解けて山里に遅い春がくると、まず畑うないが始まる。地味な縞柄の会津木綿の野良着に頰被《ほおかむ》りをした農夫・農婦が、鍬《くわ》で丹念に畑のうねを起こすのである。そこに下肥《しもごえ》を撒く。下肥は各家庭の汲み取り式便所から直接汲み上げて樽詰めしたものを、リヤカーで運んでいって肥柄杓《こえびしゃく》でトロトロと土にかけていく。寒仕込みのよく発酵した大小便の放つ臭気は、そよ風に乗ってたちどころに春の野に黄金の霞のごとく漂っていった。それをあっちの畑でもこっちの畑でもやっている。

くさいといえばくさい、まことにくさい。しかし熟成された下肥の臭いは、まぎれもなく私たちに年毎の春の季節の訪れを告げるにおいだった。村人たちは幾分かの自己卑下と、大いなる親しみをこめて、その臭いを「田舎の香水」とよんだ。

小学校の帰り道、友達と一緒に午後の傾いた陽射しのなか家路をたどる。ぶらぶら歩いて、畑中の一本道にさしかかると、田舎の香水が辺り一面に漂っている。

「ウワァ、くせえ、くせえ!」と皆、手で臭いを振り払うしぐさをしながら、その実、子どもたちは、長かった冬が終わり、美しくあたたかい季節が巡ってきた喜びに浸っていた。あまりのくささに顔をしかめながら、心はうっとりと春の気を愛でて微笑んでいた。

臭くともめでたいニオイがある。そのことを、村の子どもたちは全身で味わっていたのだった。

高野辰之作詞の有名な小学校唱歌『朧月夜《おぼろづきよ》』が想い出される。

菜の花畠に　入日薄れ、見渡す山の端《は》　かすみ深し
春風そよ吹く　空を見れば、夕月懸かりて　にほひ淡し

——私の脳裏には、菜の花畑に淡く西日が射して朦朧とした風景の中を、ランドセルを背負いながら友達とふざけあったり、石ころを蹴ったりしながら、のんびりと畑中の小道をゆく幼い自分の姿が浮かんでいる。

そして同時に「にほひ淡し」どころではなく、大地の温気《うんき》が立ち昇り思わずウッとむせるような濃醇な田舎の香水のにおいもまた、まざまざと蘇ってくる。それはいい匂いとか

イヤな臭いとかをもはや超越して、記憶の世界では、えもいわれぬ素敵な香りとなって漂っている。私は目を閉じて過ぎ去りし昔を偲び、頰被りをした村人たちの顔々を思い浮かべながら、暫し陶然となる。

叶うものなら、いまひとたびふるさとの野に佇み、やわらかなそよ風になぶられながら、今はなきあの春の香水のにおいをたっぷりと嗅いでみたいものだとしみじみ思うのである。

春が逝く

春の終わりといえば、暦の上では立夏にあたる五月の初めごろになるだろうか。むろんその日からきっかりと夏になるわけではない。夏と春とがそれぞれにフェードイン・フェードアウトのオーヴァーラップをしながら、ゆるゆると交代していくのである。

子ども心にも、春もそろそろ盛りを越したかなと感じるのは、八重桜の花もおおかた散りかかる時分だった。村びとたちは苗代《なわしろ》支度などの農作業に忙しくなり、野良で鍬《くわ》を振う姿が目に付いてくる。吹く風もあたたかく頬を撫でて、子どもらが日なかを遊ぶには恰好の時節であった。

もう遠い記憶になったが、そんな晩春のある日、小学校の三、四年生だった私は、友達数人と学校から帰る途中、道端に何人もの子どもたちが集まって何かを取り巻いているのに出会った。

そこは通称「ポンプ小屋」とよばれた可搬式消防ポンプの格納されている建物のあたりで、狭い道路を挟んで両側が墓地になっていた。墓地といっても日当たりのいい開けた場所で、数本の八重桜が墓石の上に穏やかな木陰を落としている。その桜の一本の下で、石段に腰かけた見知らぬ男が、子どもたちを前に何やら話していた。私は初め、村で時折見かける蛇遣《つか》いや熊の胆《い》売りなどの、いかがわしい物売りの類いかしらと思った。

見ると、目をつむった坊主頭の、ねずみ色の作業服のようなものを着た男が、ひとりの子どもの手を握っている。子どもは二つ年上のジンスケという子だ。

男は突然アハハ、と笑った。

「ああ、この坊はキカンボーだな。今日、先生に叱られんかったか？」

男は目を閉じたまま、その子へ顔を向けて歯切れのいい言葉でいった。この土地の言葉ではなかった。

「俺ァ、おこらっちゃりしてねえよう！」

ジンスケはムッとした顔で反論したが、彼がしょっちゅう悪さをしては先生に怒鳴られているのは図星だったから、みんなはあっけにとられた。

子どもの一人が振り向いて、目をいっぱいに見開いて言った。

「このひと、手ェ握るだけで、その人のごど何でもわかるんだって！」

どうやら男は眼が見えない人らしい。

「はい、次は誰かな。ホラ、手ェ出してみぃ」と片手を前に差し伸べた。

おそるおそる次の男の子が上目遣いで手を差し出す。男はまずその手首のあたりを触り、それからやんわりと手のひらを握った。

「これは、ちょっと勉強が足りないようだな。お前は遊んでばっかりいるんじゃないか。もうちょっと親や先生の言うことをよーく聞いて、がんばらないとだめだぞ、ええ？」

と、その子の学帽をかぶった頭の上に手を置いて、何やらむずむずと呪文のようなことを唱えた。

「ようし、少し頭が良くなった。も少しがんばれば、もっともっと良くなるぞ」

そう言って、男は頭にのせた手を離した。そして次の子、次の子と手を握っていった。

私はいちばん後ろに立って見ていた。

「ほら、ニシもみてもらえ」

年かさの子が私の手を引っ張って、男の前に出した。私はおずおずと右手を差し出した。男はみなと同じように私の腕を取り、手首を触り、手を握った。やわらかくあたたかな手だった。四十がらみの小柄で血色のいい男は、しばらくじっと握ったあとで、顔を上げ、閉じた眼を私に向け微笑んで言った。

「坊――坊はお利口な子だなあ。お利口な顔をしている」

と、見えないはずなのにそんなことをいう。

「坊はいまにえらくなる。きっとなれる。だから、いっしょうけんめいがんばって勉強せいよ」

男は握った手にぎゅっと力を入れて、グングンと二、三回上下に強く振った。

私は顔が赤くなってうつむいた。みんなの前で理由《わけ》もなくほめられたのが恥ずかしかった。私は黙って手を引っ込めた。

この人はいったいどういう人なのだろう。不思議な人だ。本当に手を握っただけで、その人の性格とか未来がわかるものだろうか。それとも目が見えなくなると、そういう能力が自然と備わってくるのだろうか。

春の空がうす青く広がって、ところどころに絹綿を引いたような雲が漂っていた。陽が午後にさしかかった墓地の八重桜に、さあっと風が吹きつけて、濃い桃色の花びらが吹雪のように舞い散った。この季節に多く現れるウスバシロチョウという半透明のこぼれやすい鱗粉の羽をもつ動きのゆるい蝶が幾匹も飛んでいる。死んだ人の魂が迷い出たような、ふわふわと頼りない羽づかいで、墓と墓との間を風にあおられながらしきりに飛んでいた。

翌日の最後の授業は国語の時間だった。一つ離れた教室では上級生の音楽の授業が行われていて、先生の弾くオルガンに合わせ、生徒たちが声を揃えて歌うのが聞こえた。

はらはら静かに花は散る
垣根を越えゆく蝶の羽にも

たのし春　きょうかぎり……

国語の教科書を見ている私の目は殆ど上の空になって、耳だけが春の終わりを告げる静かなメロディーを追っていた。


昨日のことが思い浮かんだ。

あの盲人は今どうしているだろう。きっともうどこか知らない土地へ行ってしまっているにちがいない。いったいなぜあの場所であんなことをしていたのか。ホイド（乞食）のように、物乞いをする様子でもなかった。毎日旅から旅へと、ああして人の手を握って歩き続けているのだろうか。

私の脳裏には、あのねずみ色の服の男が、春風に吹かれながら埃っぽい砂利道の端っこを、白い杖を突いてトボトボ前屈《まえかが》みに歩いていく姿が映し出された。

もう二度と会えない人だと思った。

あの日の男の言葉は、私の耳の奥底に今も残っている。

長閑な小景

うららかな日曜日の昼下がり。

黄色い菜の花畑の向こうを、キジの夫婦が並んで交互に首を突き出しながらヒョイヒョイと歩んでいる。菜の花畑が切れるところで、眼の周りを真っ赤に隈取った雄のキジが、首先をちょっと覗かせると、またヒョイと引っ込めた。

私と妻の二人は、いつものように白いトレーニング・ウェア姿で、畑中の小道をすいすいウォーキングしていた。キジの夫婦はそれをじっとしてやり過ごそうとしたが、私たちに目ざとく見つけられてしまった。

「アラ、あの大きくてきれいな鳥は何かしら？」

妻の問いに私は立ち止まって、おまえ目が悪くなったのじゃないか、といぶかった。

「あれは紛れもなくキジだろう。日本の国鳥じゃないか」

「へえっ、そういえば図鑑で見たのと同じね。じゃ、その後ろにいる地味な鳥は？」

「あれが雌だよ。きれいな方が雄。だいたい自然界の生き物は、動物でも昆虫でも雄が美しいのが相場だ。我々もキジから見ればオレの方が美しく見えてるはずなんだ」

「そうかなあ、そうだとしてもヒトの美的感覚はキジとおんなじとは思えないけど……」

キジの夫婦は、私たちからじいっと見られているので何か落ち着かず、どうしたものかと思案していたが、とりあえず襲われる気遣いはなさそうだと、またヒョイヒョイと歩みを進めた。チラリと私たちの姿に横目をやりながら、雄は雌に小声でささやきかける。

(あいつら、エサを探すのでもなし、いい年をして夫婦であんな格好をして、一体何をしてるんだろうね)

(人間たちのすることは、どうもわからないわね。どうして私たちのように、足が地についた、まっとうな暮らしができないのでしょう)

——キジたちがそんなことを話しているとはつゆ知らず、私たちは立ち止まったままおしゃべりを続ける。

「そういえば、キジという鳥は、ナマズ同様、相当の地震予知能力をもっているというね。気象庁の緊急地震速報なんかよりよほど正確らしい」

「じゃあ、あの大地震のときには、東日本に棲むキジたちは一斉に飛び立って大騒ぎをしたのね?」

「大抵そうかもしらんね」

キジの夫婦は、人間たちはなんていい加減なことを言うんだろうと呆れて聞いている。

だが、言われてみれば、先年の地震のときは随分ひどく地面が揺れて驚いた。確かに、いささか我を忘れて大いにうろたえてしまったような気もする。それに、なんでも山を越えたはるか向こうの海寄りの地方では、いまだにあれからずうっと、とてつもなく大変なことになっているらしい――キジたちはそんなことを思っていた。

人間たちがいっこうに立ち去らず、ぺちゃくちゃ話しているので、雄のキジはさっきから少しイライラしはじめていた。ようし、いっちょう脅かしてやろうと、空に向かって長い首を伸ばし嘴《くちばし》を突き上げると、

「クェーッ!、クェーッ!」

と、喉笛を掻きむしるような悪声を張り上げ、間髪をいれず両の翼を思い切り体へ続けざまに打ち付けた。「どどどどッ、どどどどッ!」と力強いドラミングが辺り一面の空気を震わせた。二人はビックリして思わず身を引く。

「なにを今どき、あんたがたはそんなノンキなことばっかりしゃべってるんだ。ええ?ダンナさん、奥さん!」

鮮やかな青緑色に輝く胸をまるまると膨らませて、雄のキジは大声でそう叫んだつもりだったが、目を丸くしてキョトンと見ている私たちの耳には、むろん、そんなふうに聞こえるはずもない。

春宵一刻

ずいぶんと開花が遅かった今年の桜も、いつしか散ってしまった。ゴールデンウィークは為すことも無いまま、ついうかうかと時を過ごしたと悔やむうちに、さ緑が麗しい五月半ばの日もようやくに暮れて、かすかな夜雨《よさめ》の降る気配がする。畳を濡らすような、やわらかい雨音である。どんな風情であろうかと表に出てみると、玄関先の街燈の灯りが細かい雨に霞んでいた。

雨の宵もまたよいものである。このぐらいなら傘など差さずに佇んだまま、淡い雨の匂いにしばし身を包まれているのもわるくない。

今年の春もまた、ゆっくりと撫で愛《いと》しむ暇《いとま》もなく過ぎてしまったようだ。鶴ヶ城の夜桜もろくに観ぬままに、「春宵一刻値千金」に値すると思えるような時間は、一刻として無かった。日々の仕事と暮らしに追い立てられ、気持ちのゆとりが持てなかったから、というのは苦《にが》い言い訳である。単に自分のマインド・コントロールが下手くそなだけだろう。こんな調子では一生そんな言い訳を自分に言い続けて、挙げ句の果てに（俺の人生とは、俺という人間とはいったい何だったんだ……）などと呟きながら、虚空をつかんで敢えなく果てていってしまいそうである。

「春宵一刻――」の蘇東坡《そとうば》の詩を茶化して、江戸の狂歌師大田蜀山人《おおたしょくさんじん》は「一刻を千金づつにしめあげて六万両の春の曙」という歌を詠んだ。一刻の値が千金（当時の一万両）なら、一晩中六刻（十二時間）を寝ずに積んでいけば、朝が来りゃ〆《しめ》て六万両。しめしめ――という意らしい。実際のところは、がんばって寝ずにおったとて、ひどい寝不足が待っていただけだったろう。

なぜ春の宵が値千金なのか、都市化してすっかり季節感が薄れてしまった現代の生活では、もう大抵分かりにくくなった。蘇東坡の言わんとするところが、酒を酌みつつ夜桜を愛《め》でながら過ごすひとときは、まことにゴージャスなものであるとして、夜桜の趣を称えるものであったと考えるのは早計だろう。

何しろ桜のライトアップなどというものが、古《いにし》えにあるわけはないから、花見とはせいぜい夕ざくらまでの楽しみで、日が暮れては花の下は暗く不気味なものになった。

私が田舎に暮らしていた子どものころ、夜、真っ暗な神社の境内の外れにかかると、闇の中にぼうと白く浮き上がった桜の大木の姿が現れ、大きな翼を広げた鳥の化け物のように見えて心が慄《おのの》いた。後年、梶井基次郎の短編『桜の樹の下には』を読み、作中にある（桜の樹の下には屍体が埋まっている）という陰惨なイメージは、昔の夜桜に関してはいたって自然な想像であると思ったのだった。

してみると、一刻千金の値は夜桜に対して付けられた値段ではない。まだわが家にテレビなどの無かった昭和三十年代の半ばごろまでは、春の夜はほんとうにひっそりしたものだった。雪が解けて春が長《た》けてくると、奥会津の山里でもほんのり夜の温さを覚えてきて、家族が暖を取るための囲炉裏《いろり》の火も焚かれなくなる。

大所帯のにぎやかな夕餉が終わった後の卓袱台《ちゃぶだい》で、小学校の書き取りの宿題をいい加減にさっさと済ませると、あとはなんにもすることがなかった。あお向けに寝っ転がって座布団に頭をのせ、煤《すす》で真っ黒になった天井の梁を見るともなく眺めているうちに、しいんと心が静まっていった。

(なんか、つまんないなあ……)とも感じたが、どこか伸びやかで清々しく、何かにウズウズしてくる気分に充たされていた。

何かをしたくって、でもなんにもしないでいる時間——。

今にして思えば、あれが値千金というか、まぶしい砂金が両の掌の指の間からサラサラと零れ落ちるような、実に贅沢な春宵一刻であったのかもしれない。

さて、明日はどんな一日になるやらと、パジャマに着替えながら見るともなしに窓の外に目を遣ると、相変わらず小糠雨《こぬかあめ》はあわあわと夜の闇をけぶらせていた。

からすの赤ちゃん

夢を見ていた。
夢の中で子どもたちの歌う『からすの赤ちゃん』が聞こえている。

からすの赤ちゃん　なぜなくの
こーけこっこのおばさんに……

六月半ばの夜、蒲団を蹴とばし枕を外して、ベッドに斜めになった格好で眼が開いた。寝相のいいはずの私にしては珍しい覚め方である。首をねじ上げて枕元の目覚まし時計を見ると、夜光の針はまだ夜中の二時ぐらいを指している。

どうしてこんな夢を見たんだろう。私はしばらく闇の中で自分の心をまさぐっていた。画像ではなく、音楽として現れたのが不思議で珍しかった。私はふだんあまり夢は見ないほうである。たまに風邪で熱があるときとか、どこか身体の調子が良くないときに限って、現実には絶対にありえない気味の悪い夢に襲われる。自分の心の弱みを鷲づかみにされ、逃げ場を絶たれた状況に追い詰められて、思わず「あっ、あーっ！」と叫んでしまいそうな、そんな苦しい夢を見るのだ。

今はだるくて何だか少し熱がある感じがした。昨日の夕方に、背中まで汗をかくほどのけっこう強めのウォーキングをしたのがたたったのかもしれない。

いつもの川べりの道を、私がひとりでサッ、サッ、と腕を振って歩いていると、先方の道端のしだれ柳が大きく風にゆすられていた。もう梅雨入りしているのに、今年はいっこうに雨が降らず、連日、午後になると少し肌寒いぐらいにそうそうと風が吹く。

柳の樹の暗い木陰に何かが動いているのに気づいた。立ち止まってよく見ると、真っ黒いカラスが二羽、地面に頭を突っ込んで何か探し物をしている様子である。

一羽が不意にくっ、と首を持ち上げた。無機質な眼をして前をじいっと見ている。カラスは大きな嘴《くちばし》の先に、何か赤黒いハラワタのようなものをくわえてどろりと下げていた。次の瞬間、そのカラスはワッサワッサと羽音を立てて飛び立った。もう一羽も「グア……」と低く鳴いて後を追いかけていった。

ああ、イヤなものを見たと思った。屍肉を漁るカラスの本性をむくつけに見せられ、自分がもしそのカラスだった場合が想像されて、実にたまらない気分になった。カラスが去った柳の下をちょっと覗いて見ようかとも思ったが、好奇心よりも気色の悪さが勝って身体が動かなかった。また強く風が吹き、柳の樹は身をよじりながら大きくあおられた。

子どものころの記憶がよみがえってきた。

田舎の山の畑の角々に高さ一間ほどの棒が立っていて、先端から紐で括られたカラスの干からびた黒い屍骸がぶら下がって風に吹かれていた。

（この畑で悪さをする奴らは、みんなこうなるんだぞ！）

そんなふうに作物を荒らす鳥たちへの見せしめとしたつもりだったのだろう。あれを見た鳥たちが、はたして恐れをなして畑の立ち入りを断念したのかどうか。その効果のほどはわからないが、村人にしてみると、にっくき不逞の輩《やから》を成敗し、晒し者にしてやったという満足感は得られたかもしれない。

カラスという鳥は全身真っ黒で、暗く陰気な雰囲気を常に身にまとい、しかも畑にせっかく播いた種を端からほじくったりして、実によけいなことをしてくれる。およそ人間にほめられるようなことは何一つとしてしていないようだ。

「何かどうも不吉なことが起きるぞ」と脅かしたり、「このあたりにきっと死体が埋まっているぞ」と告げ口することで、われわれの注意を喚起するぐらいのことはする。あとはせいぜい夕焼け空に黒いシルエットを浮かべ、「アーオ、アーオ、さあ、もう帰ろうや」と鳴くから、戸外で遊びに夢中になっていた子どもたちが夕空を仰いでふっと我に返る瞬間を提供するぐらいのものだろう。ともかく人間にとって気持ちのいい印象を与えることはまずない鳥で、畑を荒らす邪魔者として忌み嫌われるのも当然の感がある。

しかし、カラスも我らと同じ生き物である。人間に嫌われるためにだけ存在しているわけではなく、この世にカラスとして生を受けた以上、人間がそうであるようにカラスなりの生を懸命に生きようとしているにちがいない。人間側の都合や感情だけで、彼らがまるで悪魔の使いであるかのように考えるのは少々勝手が過ぎやしないか——と、われわれの心のどこかで感じてはいる。いやな奴らだが、まあ世の中にはこんな連中が少しばかりいたってしかたはあるまいと、憎まれっ子を憎まれっ子のまま人間社会が共生を許している——そんな存在であることも確かである。

カラスだって、好んであんな陰気な姿をしているのではなかろう。ほんとうはもっときれいな姿でいたいのだ。元はといえば、むかしカラスは真っ白だったという。それがもっときれいになりたいがために、ああでもない、こうでもない、と体にゴチャゴチャ色を塗ったくっているうち、とうとう真っ黒になってしまった、という外国の民話もあった。

だから、カラスの赤ちゃんは、親とはちがう可愛らしい姿になりたいと、切なく思っているのかもしれない。しかしカラスの子はカラス、いずれ真っ黒なクロちゃんになってしまっている自分に気づくときがくるだろう。

……赤いお帽子　ほしいよー

赤いお靴も　ほしいよーと
かあかあ　なくのね……

夢から覚めた私は、ベッドに身を起こして、今しがた夢の中で聞いた歌を思い返した。赤いものをねだったカラスの赤ちゃんは女の子にちがいない。赤ちゃんといってもカラスだから、やっぱり真っ黒な羽毛を生やした黒ちゃんで、始終おなかを空かしては小さな口を精一杯開け、真っ黒な親ガラスに訴えてないていたのだろう。
しばらくして、私はなんだかひどくもの哀しくなり、年がいもなくほろほろと泣けてくる気分になっていた。

季節と行事

物心がついたころには、すでに七夕まつりは奥会津の田舎でも新暦の七月七日であった。親たちが山から篠竹を切ってくると、子どもたちは赤青金銀の、色とりどりな短冊や紙細工の飾りを一所懸命にこしらえて、竹の葉に不器用な手先で結びつける。仕上がった七夕飾りは各家の軒先にくくりつけられ、その出来映えを愛《め》でるのは年々の楽しみだった。

しかし、季節はたいてい梅雨のさなかで、天の川の景色はおろか、お天道様《てんとさま》の顔もろくに拝めないほどであったから、折角、上出来と思った紙飾りが、夜来の雨にしとどに濡れそぼって地面に落ち、翌朝すっかり泥に汚れていることも度々であった。それが自分の思いをこめて願い事を書いた短冊だと見つけて、ひどくがっかりした記憶がある。

七夕は歳時記では「秋」に入れられて、旧暦の秋の行事となっている。

今年は旧暦の七夕は、月遅れの盂蘭盆《うらぼん》の送り火を焚く日と重なった。この時期ならば、何とか七夕が本来は初秋の行事であったかと腑に落ちる。比較的雨の少ない時期で、織女と牽牛が年に一度の逢瀬《おうせ》を結ぶにあたり、雨雲が天の川を遮《さえぎ》って邪魔をする確率は、よほど低くなるにちがいない。

ところで、仙台の七夕行事がなぜ八月の六、七、八日に催されるのか、私は長いこと不思議に感じていた。その時期はちょうど暦の上では立秋にあたるとはいえ、まだまだ暑さの盛りで、秋の行事とすれば些《いささ》か気が早いようである。どうもこれはイベントを開催する側の都合上、毎年同じ日になるよう、旧暦によらず「月遅れ」での実施を選んだもののようである。

そういえば、盂蘭盆も全国的に大方は月遅れの八月十五日である。おかげで、あの猛暑の中の殺人的な帰省ラッシュが、毎年同じ時期に日本列島の各地で繰り返されるわけだが、正しく旧暦に従えば年毎にスケジュールがころころと変わって、国民の更なる不都合を来すから仕方がないのだろう。それにつけても世の中がこうも変わっても、日本人がお盆に先祖を慕って墓に参ることを忘れないというのは、私のような不信心者にとっては奇蹟のような感さえ覚えてしまう。

横浜の日吉にある慶応大学の近くに、亡くなった叔父の妻であるひとが住んでいて、毎年お盆前に、私の実家の先祖へのお供えにと結構な菓子を送ってくださっている。

今年は私が家を建替えるために、お盆の直前に仮住まいへ居を移したのだが、郵便の転送手続きをしただけで、慌《あわただ》しさに紛れ旧住所に届く宅急便のことまで頭が回らなかった。転居の連絡を怠ったせいで、折角の供物《くもつ》の受け取りを失礼してしまい、お盆の間にたまたま先方から電話をいただいて気がついた。急いで宅配業者に知らせたが、結局、配達物は遅れて八月十六日に転居先のアパートに届き、申し訳ない思いで叔母に品物を受け取った旨の電話を入れた。すると、先方も「私がもっと早くに送っておけばよかったのです」と、いたく恐縮の態である。

「送り火を焚く日に差し上げることになって、ほんとうにご先祖様にすみません。よろしくお取り成しを願います」

そう言われると、当方もますます痛み入って、電話口でお互いに頭の下げ合いをするがごとくになった。

「いや、いけないのは連絡を申し上げなかったこちらです。全く申し訳ありません。まあ、まだお盆のうちですし、送り火までには多少時間がありますから、仏様があわてて供物に口を付けなきゃならんほどじゃありません。だいじょうぶですよ」

そんなやりとりがあった後に、話はお盆のささやかな行事のことになった。聞けば、叔母は今でもお盆の迎え火・送り火を絶やした年はないという。十三日と十六日の夕方には、庭先で苧《お》がらを燃やして、正しく先祖を迎えお送りしているのである。田舎ならともかく、都会に住んで今どきお盆の風習をきちんと守っているのは大そう奇特《きどく》なことですね、と私が感心すると、叔母は「私の母にしっかり躾けられましたから」と語った。

彼女の亡くなった母は、そういうことにはなかなか厳しいひとで、若いころからよく、

娘が迎え火の支度を遅くしたりすると、

「おや、こんなに遅くなってしまって。仏様がすっかり待ちぼうけじゃないか」

と注意されたり、送り火のときがすっかり辺りが暗くなってしまっていると、

「こんな時間に送り火を焚くようだと、あの世へ戻る道がわからなくなるでしょう？」

と叱られたりしたものです、と電話の向こうで笑って思い出す様子であった。

叔母はそのほかに、精霊流《しょうりょう》しのための茄子《なす》や瓜類なども毎年ちゃんと仏前に供えてきた。ただ、近くに水の流れがないために、仕方なくビニール袋に入れて生ゴミとして出すしかないのが心苦しい、ということであった。

迎え火は夕星《ゆうづつ》のまたたく前に、送り火は陽が沈むころに——叔母は、亡き夫や父母を偲ぶよすがとして、今年も遠い思い出をかみしめるように、ひとり庭先でささやかな火を焚いたことであったろう。ゆかしい日本の風習は、こんなふうに都会の片隅でも守られていたのである。

私は、といえば、奥会津の実家を離れてからは何事も面倒一途《いちず》で、省けることはあらかた止《よ》してしまった。節々の墓参りを怠ることだけはさすがにまだないが、ご先祖様に対して万事がぞんざいになってしまった今の日本人の典型のようで、気が引ける思いがある。

私がまだ両親や祖父母の庇護のもとに日々を送っていたころは、節季ごとの行事が、その折々の山川の景色や吹く風の肌ざわりなどとともに、人々の心に添うて過ぎていった。

ただ、年を追う毎に若者が減って高齢化が進むにつれ、いつしか盆踊りなどの人手のかかる賑やかな祭りがまず廃れて、村は寂れる一方になり、季節ごとのゆかしい行事は次々と姿を消していった。

日本の旧い風習が各地で廃れてしまっている理由は、それぱかりではない。もともと伝統行事といわれるものの多くは、農事に深く関わっていて、季節と精妙に一体のものだった。それが明治以後、新暦への移行が進むなかで、人々に季節と暦との違和感をずっと与え続けてきたことも、やはり大きな原因ではなかったかと思う。

古い時代にも、日本は南北に細長い国の気候を無視して、京都を中心とした行事を全国津々浦々、同じ日に合わせて行うほどに律儀《りちぎ》な国柄だった。そのために正月とはいっても、まだ雪に埋もれて春の欠片《かけら》さえ見えない景色の中で、無理にも「新春おめでとうございます」と寿《ことほ》ぐしかない土地も多かった。

その上に明治になって、日付がひと月も繰り上がるような新暦への切り替えが全国一斉に布かれたことには、さすがに国民の間には抵抗が強かったようである。こんにちの月遅れの行事などというものも、お上《かみ》の杓子定規《しゃくしじょうぎ》なお達しに対して、「旧暦でやるんじゃありません、ひと月遅らせるだけです」といって、幾らかでも行事の趣旨に季節の面影を近づけようとした、せめてもの民の思いの表れであったろう。

かすかに蘇る子どものころの記憶がある。

わが家が最後の旧暦での正月を迎えたのは、たしか小学校に上がった年の、立春を過ぎて間もないころのことで、山里はいまだ一面の深い雪景色であった。細々と続く野中の小道の踏み跡をひとり辿っていると、ふと何処からか花の香りがした気がした。立ち止まって辺りを見まわすが、花の色などは何処にも見えない。

気のせいだったのだろうか？　稚《おさ》ない私は雪道をとぼとぼと歩き出しながら考え、また立ち止まった。

いや、そうじゃない。あれはたしかに春の香りだった——と。

蟬しぐれの頃

蟬の声

「蟬の鳴き声というのは、どうにもやかましいね。ミンミンゼミにしろアブラゼミにしろ、なんでこれほど蟬はひっきりなしに鳴かねばならないんだろう」

奥会津の家の真夏の庭に面して、蟬たちがてんでに喚《わめ》きたてる鳴き声に閉口しながら、はたはたと団扇《うちわ》を煽《あお》いでつぶやく。

「いいじゃない。せっかく生まれてきたんだから。生きていることを精一杯表現したいんじゃないの」と、そばで妻が言う。

「彼らには人間様の迷惑なんて考える余裕はないってことか。しかし暑い季節に暑苦しい鳴き声、まったくたまったもんじゃないな」

じっさい、暑いときほど蟬は力いっぱい鳴く。まあ、しかし蟬にも蟬の事情というものはある。七年もの長い間、暗闇の地中で一言も発せずに黙々と耐えてきたのだから、いざ地上へ出陣となれば、大いに心勇むものがあるのだろう。蟬の鳴き声というものは、人間ぐらいの大きさの生き物ならば、ほぼ十キロメートルの彼方まで聞こえるぐらいの、とてつもない大音声《だいおんじょう》を発していることになるらしい。

　命は限られている。諸説はあるが、おおかた一週間から十日といわれている。彼らが自らの命の期間を予め悟っているかどうかはわからないが、背後からヒタヒタと迫る死の気配を、やはり本能的にうっすらと感じるのであろう。

　とにかく必死で鳴く。実にやかましいこと、この上ない。蟬にしてみれば、人間なら平均年齢八十年もあるうち春夏秋冬のわずか一シーズンのことにすぎないのだから、（いいじゃないか、これぐらい）といいたいだろう。しかたない、我慢してやろうか、とも思うが、しかし彼らは年毎に次々と新手《あらて》を繰り出してくるのであるから、こちらは毎年毎度の迷惑になる。蟬の気持ちにばかりになってもいられない。かといって、蚊や蠅などのように、殺虫剤を撒き散らして徹底的にやっつけてやろうかという考えも起こらない。

（暑い。アアたまらなく暑苦しい鳴き声だ。とはいうものの、夏とは所詮こういうものである。これを年に一度の夏の風情として味わうぐらいのゆとりを持たなくてどうするか）

　そんな内心の声がある。たしかに、蟬の鳴き声というものが絶えて無ければ、われらは真夏の太陽がジリジリと照りつけるだけの沈黙の世界で、ひたすらじっと暑さに耐える時間を過ごすことになる。蟬の鳴き声は、季節を鼓舞するドラムの響きとして、人間の夏の生理的リズムをつくることに案外一役買っているのだと考えたほうがいい。

ハードな季節の風情をそれなりに味わうためには、多少の我慢も要るものであろう。

蜩

ヒグラシは夕方四時ごろから鳴きだす。やがてあたりに闇の色が濃くなるまで鳴いている。ヒグラシの鳴く音を聴いていて感心するのは、遠近《おちこち》で鳴き交わしていても、けっして他の蟬の邪魔をしないということである。

家裏のケヤキの樹で、一匹が「カナカナカナ……」と鳴く。これはもう息が途切れるなと思うタイミングで、少し離れた川岸の樹に止まったやつが満を持して「カナカナカナ……」と鳴き始める。そいつが一節《ひとふし》の演奏を了《お》えようとする頃に、また遠くでもう一匹が寂しげな鈴の音を鳴り響かせる。

あたかも映画のオーヴァーラップのように、実に按配よく選手交代をするのである。他の種類の蟬のように、只々、傍若無人に自己主張するのではなく、かなり紳士的に周りのことを気遣いながら鳴いているかに思える。どこかでヒグラシ楽団の指揮者が蝶ネクタイ姿でタクトを振っていて、頃よいタイミングを見計い、左の掌を軽くスッと上げ、「サア君、弾きたまえ」と促しているのかもしれない。

「カナしい」という言葉は、このヒグラシの「カナカナカナ……」と鳴く声を聞いて「ああ、哀しい……」と感じた古人の、ごく自然に口から出た言葉のような気がしないでもない。

暑い夏の太陽が傾いて少し弱りが見えると、折からそよぎだした夕風に誘われるようにヒグラシは鳴きだす。盛んだった夏の日の衰えと、やがて訪れる夜という名の一日の死を嘆くかのように、夏のあはれをしみじみと奏でるのである。

夏の雨

盆の十四日になった。もう何日も雨が降っていない。畑も庭も白く乾いて、草木の葉はみなくったりとうな垂れている。今日もいやに蒸し暑い。しかし、午後になると俄《にわ》かに曇ってきた。妖気を孕《はら》んだ暗い雷雲が西の空にヌッと背伸びをするように現れた。やがて、ゴロゴロゴロ……と遠い空で鳴り出して生ぬるい風も吹いてきた。だが、なかなか雨は降らない。音はすれど今日も空振りかと半ば諦めていると、午後三時過ぎになってようやくパラパラと降ってきた。

ヤァ降ってきた、よくやった。できれば少し長降りして、しっかり湿らせてくれと願っているうちに、いくらも降らずにすぐ止み加減になる。また蟬が鳴きだす。なんだ、申し訳程度に降ったばかりで、これじゃあ降ったとはいえまい、しっかりせい、と腹を立てていると、しばらくしてから今度はトタン屋根をぼつっ、ぼつっと叩いて、大粒のやつが落ちてきた。見る間に辺りの景色が見えなくなるほどに、天地をどよもす勢いで、力まかせにザァーッと降りしぶく。

やがて雨脚が弱まる。また止む。陽射しが斜めに差し込んできて蟬が鳴きだす。川風も涼しく吹いてきた。おや、これでもう降り止めかと思っていると、また西の山の端が霧がかかったようにけぶって、只見川のダムの湖面がサァーッと曇る。今度は梅雨どきの雨のように、薄暗くシトシトと一つ調子に降り続けて、止む気配がない。

それでも夕方の五時を回ると、雲が切れて雨上がりの夕陽がうすく覗いてきた。

これなら少々の雨に濡れても、夕方の墓参りには差し支えなかろう。浴衣に着替え、清々した気分になって表に出た。

高燈籠

その人は、きまって夕方四時近くなって現れた。

禿げ上がってはいるが精悍な体つきのY老人は、少しよろけそうになって、わが家の玄関の上《あが》り框《かまち》にドサッと腰を下ろした。もどかしそうに靴を脱いで家の中に入ると、少し照れくさそうな笑顔を見せながら、

「ああ、おそぐなった……」

と言って仏壇のある茶の間に上がっていった。

この地域では、盆の八月十四日早朝に、家族みんなで先祖の墓参りをする。戻って朝食を済ませると、その家の主人は寺参りに出かける。檀徒衆が本堂に勢ぞろいして住職の声に合わせ、声を高くして「般若心経《はんにゃしんぎょう》」とか「修証義《しゅうしょうぎ》」「舎利礼文《しゃりらいもん》」などのお経を読み終えると、そのあと住職のありがたい説教を長々といただく。一時間ほどをかけてようやく一切が済むと、寺を出た各人は親戚や知人の家を訪ねて仏壇に線香とお供えを上げる「仏まいり」をするならいである。

村の家々では、かつては客のもてなしに酒を出すことが多かったが、近ごろは飲まずに自動車で能率よく済ませてしまう人ばかりになった。

そんな中でY老人は、どの家でももてなしを拒まずにビールをいただきながら回る。それだから、なかなかはかがいかない。親戚である私の家にたどり着くのは、いつも辺りがすっかりヒグラシの蜩しぐれに包まれる時刻になった。

「アア、なんにも出さなくていいぞ」

と手を振って私らに要らないそぶりをするのだが、こちらが、まあそういわず、とビールの栓を抜くと、「ンじゃまあ、チョコッともらうか」と、真っ赤になった顔を嬉しそうに綻《ほころ》ばせてコップを差し出した。

もともと体力に優れた人で、八十歳を超えても元気に農業にいそしんでいたが、十年ほど前から糖尿の気があるからと、あまり酒を飲まなくなった。その頃から彼は腰が痛い、肩が痛い、夜眠れないとこぼすようになった。

この年が明けてから顔色が優れず入院などもしたが、ひと月ほどでどうにか退院し、四月中ごろに私の亡母の十三回忌の法事を営んだ折には、上座にすわって少し酒も口にした。

Y老人の訃報が届いたのは、それから一月もしないころだった。

私はすぐ弔問に駆けつけて、その家の座敷に横たわる遺体に線香を手向《たむ》けた。白い布を取ってみると、そこにあったのはかつての元気なY老人ではなかった。もうすっかり命が尽き果てた、小さくて白い死に顔であった。

新仏が出た家では、盆には高燈籠《たかどうろう》というものをつくって故人の魂を招く。五、六メートルぐらいの杉の細木の枝を払い、先端部の葉だけ残して玄関先に立てる。それに屋号を記した白地の盆燈籠を提げ、夕暮れになるとロウソクの火を入れて夜空に高く掲げるのである。

今年の盆の宵も、また過疎の村に高燈籠の灯がともった。人の命のはかなさと、なつかしさが胸に迫るあかりである。

うつろい

夏の終わりとは、すなわち秋の初めといってよい。晩夏と初秋は、ひとつのコインの裏表。同じ風景や空気のなかに、夏の衰えを晩夏という言葉に滲ませ、かすかな秋の気配を初秋という言葉に籠めるのである。

畑には、つやつやした濃紫《こむらさき》の茄子《なす》、真っ赤に熟れたトマト、実がもぎ取られたあとのトウモロコシの茎とカサカサした長い葉、野道の畔《あぜ》にはエノコロ草、アカザ、カヤツリグサ。山里の緑の風景もどこか疲れた乾きを帯びてくる。

午後の陽射しはまだまだ強いが、日陰に入ると幾らか涼味が増して感じられた。咲き遅れた凌霄花《のうぜんかずら》の朱の濃い花溜まりが、村なかの道を蔽《おお》っている。

猫が日ざかりの道ばたにベタリと寝ころんで、後ろ脚を上げて肛門をなめている。そのしっぽの影が動く。

晩夏と初秋とには、ものうい晩春から爽やかな初夏へと移るときのようなハッキリした季節の訣別がない。なしくずしに夏は陣を引いていき、いつの間にかあらゆる蟬の声がしなくなったことに気づく。耳を澄ませば、水の音、風の音、虫の声――。夏を咲き通した紫陽花《あじさい》も、いつしか枯れた骸《むくろ》のような花群《はなむら》をカサカサと風に鳴らしている。

そうして、みんな秋のひっそりした午後の陽射しの中にいた。

金の波銀の波

秋になると思い浮かぶ光景がある。

一面のススキの原。

昭和三十五年の開拓事業によって、ブルドーザの怪力で押し均《なら》された福島県大沼郡金山町上野原《うわのはら》高原一帯は、数年の間、広々とした原野状態になった。その原野に、たちまちむくむくとススキが湧き茂った。初秋の頃には銀色のススキの花穂が一面に見渡され、その輝きが消えたところに、ソバ畑のひっそりした白い花が残雪のように見え隠れしていた。

思えばそれは豪華な光景であった。つやつやした豊かなススキの海原《うなばら》が、夕風に大波を打って揺れていたさまは、今も幻のように眼に浮かんでくる。

その後、上野原には栗の若木が植えられ、子どもが育つように毎年少しずつ栗林らしい体裁を整えていった。

「桃栗三年柿八年」の喩えどおり、ほんとうに三年で私の背丈を少し超えるぐらいの細い木に、大粒の毬が一つだけ生《な》った。小学生がでかいチンポコをぶら下げているようで、生意気なやつだと思った。しかし何だか可哀そうな姿にも見えた。

やがて頼りなげだった栗の木たちは、見事な体躯の若者たちが居並ぶごとくたくましく成長して、私たちに毎年栗の実を豪勢にふるまってくれるようになった。

最盛期の栗林では、実を探す手間が要らぬほどに殆ど同じ場所にしゃがんだまま、大きなザルいっぱいの栗を拾うことができた。一度に一〇〇キログラムを超す収穫の日もあった。たくさん採れるのはいいけれど、大量に採れ過ぎては時に喜びよりも苦痛になる。栗拾いが楽しいのは、探して見つける喜びが隠されているからで、それが無ければ単に苦しい労働作業である。

朝早く家族総出で黙々と栗拾いに従事しているうちに、あまりの量の多さにだんだん足腰や背が強ばって痛くなった。朝霧がまだ去らない栗林の樹下で、そのころ社会人になったばかりだった私は、思い切り大きく背伸びをしてはすぐに職場放棄をした。あちこちに名残を留めていたススキの原に駆け込むと、持っていた鎌でススキの穂首を手当たり次第にチョン切っていく。そんな子どもじみた、戦争ごっこみたいなことに夢中になった。

いいかげんススキの首切りに一汗かいた頃合いを見計らって、母が私に一声かける。

「ホラ、賢行、遊んでばっかしいねえで、早く拾わねどダメだべ!」

いい歳をして私はよくそんなふうに母に叱られては頭を掻いた。

母の声に、振り上げた鎌を下ろして一息つくと、朝霧にしっとり濡れて重たげなススキの穂は、涙のようなしずくをいっぱい溜めてうなだれていた。
それがもう四十年以上も昔のことだ。
還暦を越えた今も、昨日のことのように思い出される光景である。

あとがき

私はいわゆる「団塊の世代」の掉尾に位置する人間である。

大学も最終学年となり、さて就職はどこにしようかな、と都内の大手会社を訪問すると、「ご苦労様です」と歓待をうけ、けっこうな寸志までいただけるような、現在では想像もつかない売り手市場だったから、就職戦線ならぬ就職温泉にゆったり浸かってノンビリしていた。その数年後に日本が第一次オイルショックに見舞われ、のちには「就職氷河期」が訪れることなど夢にも思わない平和な時代だった。

一方で学生運動は東大安田講堂事件のころからみれば、ずいぶん下火になっていたけれど、時折、「内ゲバ」と呼ばれた流血の派閥抗争が大学構内の目の前で起きた。

(君たちはいったい何をやっているんだ!)と傍《はた》から声を上げたかった。現前の状況の中でだけ生きてちゃダメだ。もっと人間らしい君らしい生き方があるだろう、と自分のことはてんで棚に上げて、ヘルメットを被って右往左往する学生達を本気で怒鳴りたい気持ちであった。

当時、就職の選択肢は幾らでもあった。ただ、私は東京という土地には少しも未練がなく、このままずっと都会に住もうなどという気はさらさら無かった。生来身体が丈夫ではなく精神もか細かったので、大都会の企業戦士たちに交じって、激しい競争に揉まれながら生き抜いていけるとは到底思えなかった。動物ならこういう個体は、厳しい自然界の中では普通、淘汰されて死んでしまうのである。

「都落ち」という言葉が、その頃地方へUターンする数少ない若者たちの背中に浴びせられた。たしかに私は負け犬だったかもしれない。心の隅には、そんな気持ちが幾分かはあった。都会生活者の群れから淘汰され、私は故郷・会津へと尻尾に旗を立てて帰ってきたのだった。しかし、自分にとって結果的に、それは実に正解だったと感じている。

地方の時代といわれて久しいが、若者は相変わらず皆さん、都会へ都会へと行きなさる。地方の良さ、ふるさとのありがたさをちっとも知らぬままに、もったいなくも出ていって、都会の片隅で呻吟しながら、いつしか一生を其処《そこ》で終えてしまうのである。

もっと世間は、地方の暮らし心地の良さを今こそ大いに謳うべきだろう。

ましてわが会津の里ときたら極楽である。魅力ある観光地として毎年たくさんの観光客が訪れる土地だし、当然住んでも悪かろうはずがない。むろん雪国だから冬はたんと雪が降り、盆地だから作物の稔りは素敵にいいが、夏の暑さも半端ではない。

それゆえに四季のめりはりは、ゆたかで美しい。

会津に戻って以来、はや四十数年。やはりこの土地を離れて自分らしい人生は無かったのだなと今さらに感じる。人生の砂時計の残りがもう随分少なくなって、夜更けにサラサラと砂の落ちる音が聞こえる歳になった（一般に、ひとはこれを耳鳴りという……）。

年を重ねるごとに、四季の移ろいや古くからの周りの人たちが殊のほかなつかしい。

『バルビゾンの夕暮れ』は、ここ六、七年のあいだに、日々の想いを綴ったものである。この「あとがき」を書いている現在、私はたぶんまだ副市長の職にあるが、けっして公務を疎《おろそ》かにして執筆に耽《ふけ》っていたのではない、とまず申し開きはしておきたい。公務を終えた夜半《よわ》に、また貴重な休日のひとときに、他者《ひと》が音楽やゲームを楽しむのと同じように、ひとりパソコンに向かって余暇を過ごしてきた産物である。

この本は、ふと気がつけば机の上にぽつねんと西陽を浴びて載っかっていた。たとえれば名もない野の花の種子のようなものであろう。読者の皆さんの心の片すみにポトリと落ちて、ちいさな花でも咲かせることがあれば望外の倖せである。

上梓するにあたっては、東京図書出版の皆様にお世話になった。心からの御礼を申し上げたい。

二〇一五年四月

田辺賢行

田辺　賢行（たなべ　けんこう）

1949年、福島県大沼郡金山町生まれ。早稲田大学法学部卒。現在、会津若松市副市長。会津大学短期大学部非常勤講師。
編著に『田辺てる遺歌集　欅』

バルビゾンの夕暮れ
— 会津の風光 —

2015年５月３日　初版発行

著　者　田辺賢行
発行者　中田典昭
発行所　東京図書出版
発売元　株式会社 リフレ出版
〒113-0021　東京都文京区本駒込 3-10-4
電話（03）3823-9171　FAX 0120-41-8080
印　刷　株式会社 ブレイン

ISBN978-4-86223-840-5 C0095
Printed in Japan 2015
落丁・乱丁はお取替えいたします。

ご意見、ご感想をお寄せ下さい。

［宛先］〒113-0021　東京都文京区本駒込 3-10-4
東京図書出版